Les Choses qu'on dit

Mathou

Les Choses qu'on dit

Roman

Robert Laffont

ISBN : 978-2-221-28093-5
Dépôt légal : mai 2025
Éditions Robert Laffont – 92, avenue de France, 75013 Paris
info@lisez.com

Dans une autre vie, elles auraient pu être amies.

Pas sœurs, car elles ne se ressemblaient pas le moins du monde physiquement, mais amies, sans aucun doute. Avec leurs caractères si différents, quoique parfaitement complémentaires. L'une était aussi ronde et douce que l'autre était sèche et froide ; l'une aussi fragile que l'autre était forte, en apparence.

Face à face dans ce café du centre, défraîchi mais d'ordinaire très bruyant et joyeux, tout était étonnamment calme. Comme si tout s'était arrêté pour elles.

Pour se donner une contenance, elle avait pris sur le zinc en arrivant un petit flyer imprimé sur du papier bleu, qui annonçait pour le samedi suivant un concert rock à 21 heures – entrée gratuite, une conso offerte. Elle le manipulait, pliait les bords en les écrasant avec l'ongle du pouce, pour occuper ses mains.

C'était un mardi matin d'avril, froid et sec. Le printemps ne semblait pas vouloir apparaître.

Elles avaient imaginé mille fois leur tête à tête, chacune de son côté, leur première vraie conversation. Elles avaient listé des reproches, des questions, des précisions. Cependant, désormais, elles ne savaient plus quoi se dire. Le silence commençait à être embarrassant. Il faudrait bien à un moment que l'une des deux aborde le sujet qui fâche.

Elle l'observait faire tourner nerveusement son sachet de thé Éléphant dans sa tasse en céramique blanche. Alors qu'elles auraient eu largement besoin d'un grand verre de vin, voire d'une boisson forte, pour s'encourager.

Mais une femme enceinte ne boit pas d'alcool ; elle devrait donc se contenter d'un thé.

« Comment fait-on, alors ? Tu veux bien le garder ? » l'implora-t-elle, nerveuse.

Ses grands yeux noisette étaient cernés et las ; elle avait l'air tellement perdue, soudain. Elle était devenue la plus fragile de ce duo improbable, alors que c'était d'habitude elle qui parlait fort, qui montrait la direction à suivre, et qui marchait vite et loin.

Elle reposa sur la table en Formica verte le petit flyer bleu qui avait désormais pris la forme d'une tulipe grâce à ses pliages experts.

Aujourd'hui, c'était à elle de choisir leur destin et d'accéder, ou non, à son projet fou.

Première partie

Juin 2017

1

La piscine, elle n'a jamais su dire si elle aimait ou si elle détestait.

À la fac, elle avait choisi les cours de natation en option, pensant avoir un niveau pas trop nul. Elle avait ainsi espéré passer un semestre peinarde, avec à la clef une note moyenne sans trop d'efforts. Pourtant, la prof l'avait aussitôt placée dans le groupe des débutants, lui signifiant qu'elle ne nageait pas de ouf.

Soit, elle ne sera jamais une Manaudou, mais, au fond, elle s'en fout. Ce qu'elle aime, c'est le silence de l'eau, ce que ça lui procure comme sensation de s'élancer dans le grand bain, quand, dans ses oreilles, lui parvient le son du rien.

C'est ça qu'elle aime le plus.

Le silence et les soucis qui disparaissent, comme l'encre sur une feuille de papier mouillée.

Alors, lorsqu'elle arrive ce jour-là, et qu'elle découvre dans le bassin une dizaine de jeunes tout excités, sautant à la queue leu leu dans le grand bain, criant, éclaboussant au passage l'ensemble des nageurs de la ligne crawl, elle se dit que ce ne sera pas un bon jour.

Pas de calme, pas de sérénité.

Elle maudit les vacances d'été qui arrivent beaucoup trop vite pour les collégiens et les lycéens. Elle ne s'était pas rendu compte.

Elle sourit tout de même de façon automatique – elle n'a jamais su faire autrement. Elle se sent vieille. À pester dans sa tête, à grogner et à ruminer. Pourquoi ne peut-elle pas faire abstraction ? Pourquoi ne peut-elle pas juste faire comme si, ou même – soyons fous – s'amuser de leur présence et de leur joie ? Elle est sûre qu'il y a des gens qui s'enthousiasment réellement d'un rien.

Non, elle, elle ne peut pas : c'est comme les fils des écouteurs qui s'emmêlent systématiquement, les bruits de bouche ou les mouchoirs en papier dans la machine à laver, c'est relou, et puis c'est tout. Elle ne trouve pas de raison de relativiser, de voir le verre à moitié plein, ainsi que lui dit sa psy à chaque séance, ou presque. Ça la bouffe, point barre.

Au bout de quelques longueurs, c'en est trop : être dans cette piscine lui fait plus de mal que de bien, ça la rend même plus tendue qu'elle ne l'était en arrivant.

Encore dégoulinante, se glissant avec difficulté dans son legging noir, Léa se dit que si, en fait, elle sait : elle déteste la piscine. Et que, la prochaine fois qu'elle aura besoin de calme et de sérénité, elle n'aura qu'à plonger la tête en arrière dans son bain.

2

Léa a tout pour plaire.

Des fossettes comme les actrices de cinéma, de grands yeux verts en amande, quelques taches de rousseur sur le visage – surtout l'été – et des cheveux roux lumineux, hérités de son père, qui bouclent légèrement, lui donnant un air négligemment sympathique.

Et puis, Léa sourit tout le temps. Même quand, à l'intérieur, elle se sent fatiguée et qu'elle aurait envie de ne parler à personne, de rester le regard dans le vide et le cœur en berne. Elle sourit, et elle dit : « Oui, bien sûr, je m'en occupe » ; elle dit : « Aucun souci, je comprends tout à fait » ; elle dit : « Ça va très bien, merci beaucoup, c'est gentil de demander. »

Elle dit oui, et son cœur voudrait dire non.

C'est parce que, toute sa vie, on l'a priée d'être polie, de faire plaisir et de ne pas déranger.

Alors Léa sourit tout le temps, vingt-quatre heures sur vingt-quatre, week-ends et jours fériés. Et tout le monde l'aime pour ça.

Léa a tout pour être heureuse.

Elle a un amoureux à l'écoute, bon cuisinier, pas avare en massages ni en compliments.

Elle a aussi deux enfants parfaits, des jumeaux, Billie et Harry, qui lui donnent beaucoup de bonheur et, désormais – à dix ans passés –, peu de contraintes. Des enfants « faciles », comme on dit.

Léa a un « métier passion », de ceux que tout le monde vous envie sans savoir qu'une passion vous dévore, inévitablement. Léa travaille avec le papier, elle en plie de petits morceaux, elle en découpe des grands, des colorés, des brillants, des mats, des cartonnés, qui donnent mille et une compositions folles : des bouquets pour une publicité, des immeubles de bord de mer pour une vitrine d'une marque de cosmétiques, des pièces montées pour une expo ou un mariage.

Léa a tout.

Une vraie vie jolie comme dans les films. Tout est parfait, rien ne dépasse, sinon quelques imperfections joyeuses.

Pour autant, elle cherche tous les quinze jours ce qui lui manque, moyennant soixante euros par carte, chèque ou espèces. Elle parle à sa psy, elle creuse son enfance, son passé simple et compliqué à la fois, son présent souvent évident et facile, ses angoisses, son cœur qui dit non, ses ruminations.

3

Elle rassemble ses cheveux encore humides en un chignon mou pour pouvoir mettre son casque de vélo sans trop de difficulté. Vraiment, ce casque ne lui donne aucun style. Elle avait refusé longtemps d'en porter un, affirmant à qui voulait l'entendre qu'elle préférait mourir les cheveux propres et à peu près ordonnés.

Lucie, sa voisine et amie, qui a en plus la qualité d'être médecin généraliste, lui avait raconté ce qu'elle voyait dans son cabinet – les accidents de plus en plus nombreux à mesure que le vélo se démocratisait en ville. Alors elle s'était résignée. Adrien lui avait offert un modèle pas-trop-moche, et surtout doré, qui ressemblait à un casque de moto. Pour autant, elle avait toujours l'air d'un Coton-Tige : un Coton-Tige brillant et chic, mais un Coton-Tige tout de même.

Au pied de la piscine Marx-Dormoy, elle enfourche sa bicyclette et s'élance dans les rues lilloises pour rejoindre sa petite maison, à proximité du quartier Gambetta.

Vu l'heure – presque midi –, elle décide de s'arrêter d'abord déjeuner rapidement chez elle, avant de retourner au bureau.

Elle longe les quais de la Citadelle et le grand parc où elle adore se promener le dimanche. C'est là que Billie et Harry ont fait leurs premiers pas. Le souvenir de leurs petits pieds mal assurés qui s'aventurent entre les tables en bois lui revient chaque fois qu'elle passe par ici. C'était l'été de leur presque-un-an ; elle était épuisée. Les jumeaux les avaient accaparés pendant de longs mois. Déjà, un enfant, ça bouscule le quotidien, les habitudes, les certitudes. Mais deux avaient eu l'effet d'un tsunami de joies pures, comme d'angoisses et d'éreintement constant, pour Adrien et Léa. Billie et Harry auront onze ans dans quelques mois, et toute cette époque intense semble lointaine : adieu les réveils aux aurores, et bonjour les nuits complètes pour tout le monde. Leurs bébés sont devenus de super enfants débrouillards, généreux et drôles (en toute objectivité).

Ce mois de juin est parfait : une douce chaleur envahit la ville, et la lumière s'immisce enfin dans les rues étroites de Lille. Elle avait prévu un châle, mais elle a trop chaud ; elle le jette d'un coup de poignet dans son panier avant.

C'est la saison préférée de Léa. Elle sait que le soleil est – comme le dit la chanson – davantage dans le cœur de ses habitants que dans le ciel de sa cité, cependant, elle n'est pas contre quelques rayons de vrai soleil de temps en temps. Et cette fin de printemps est un réel cadeau. Toute droite sur son vélo, arrêtée à un feu, elle ferme les yeux une ou deux secondes et tend son visage vers la chaleur offerte par cette météo radieuse : la voilà, la sérénité. Ça va être une bonne journée.

Elle remonte la rue Solférino et tourne à droite dans la rue Ratisbonne, puis déboule enfin dans sa rue, à deux pas du métro Gambetta. Elle aime ce quartier coincé entre Wazemmes et Vauban : pas tout à fait le centre, mais au cœur de la vie quand même.

Léa et Adrien y avaient trouvé un appartement quand ils avaient emménagé à Lille plus de dix ans auparavant et avaient rapidement cherché à y acheter pour y rester. Leur petite maison est typique du Nord, avec sa façade étroite en brique rouge, enserrée par deux autres bâtisses, tout aussi étriquées. Deux étages avec deux hautes fenêtres chacun : trois chambres et un bureau que Léa et Adrien se partagent, mais qu'ils désertent souvent au profit de leur pièce préférée, au rez-de-chaussée. Une vaste pièce qu'on dit « à vivre », et où ils passent effectivement le plus clair de leur temps, car elle bénéficie d'une grande baie vitrée qui s'étale sur toute la largeur de l'arrière de la maison. Elle donne sur un jardin minuscule, mais dont ils n'ont pas à rougir. Patiemment, ils y ont planté de multiples essences : un lilas des Indes gigantesque, un camélia blanc, un hortensia foisonnant, un tamaris qui fait au printemps de belles grappes légères de toutes petites fleurs violettes.

Léa pourrait passer des heures dans cette pièce, allongée sur son canapé à contempler son parc miniature.

4

Son bureau se situe à quelques centaines de mètres de sa maison, près du marché de Wazemmes, dans une ancienne imprimerie transformée en coworking pour bobos.

Le lieu est gigantesque : une hauteur sous plafond digne d'un château, mais refait à neuf dans un style industriel très épuré avec des espaces inchauffables séparés par d'imposantes vitres d'atelier. Partout, des plantes vertes de différentes tailles, des tasses à café posées ici et là, et parfois une théière fumante sur une table, ainsi qu'un gâteau au chocolat coupé en une dizaine de parts sur une large assiette ovale, et un Post-it « Servez-vous » collé à côté.

Léa passe devant la cuisine, sourit à Hervé et à Christophe en pleine conversation pendant qu'ils essuient la vaisselle du déjeuner.

Dans ce lieu se retrouvent des graphistes, des illustrateurs, des photographes, des architectes, des webdesigners… et puis elle, Léa, plieuse de papiers professionnelle. C'est comme ça qu'elle se présente souvent, sans que ce soit le nom officiel. « Designeuse papier », y a-t-il indiqué sur son site internet.

Elle glisse une tête dans le bureau de son amie Allie, qu'elle a rencontrée ici même il y a bientôt neuf ans. Cette dernière est au téléphone, alors elles se disent bonjour avec les yeux, des sourires et de grands signes de la main.

Allie est une reine de l'Internet, elle manie le clavier comme une cheffe et imagine les meilleurs décors virtuels. Elle gère aussi les réseaux sociaux de nombreux clients, dont ceux de leur espace de coworking.

Elle arrive toujours très tôt le matin et repart souvent tard. Elle parle très fort, d'une voix enjouée et énergique, sauf quand il faut organiser un anniversaire surprise au bureau ; ses silences la trahissent alors, et tout le monde devine que quelque chose se prépare. Vers 10 heures, invariablement, elle passe dans toutes les pièces pour proposer une pause-café en salle de détente-repas-réunion, qu'il est difficile de lui refuser. Allie possède le rire le plus communicatif que Léa connaisse : souvent, elle l'entend à travers les cloisons ; cette mélodie joyeuse lui décroche systématiquement un vrai sourire. Elle est naturellement devenue la « happiness manager » du lieu et veille à ce que tout le monde soit bien installé, ne manque de rien et accepte un apéro au débotté. Léa est persuadée que, si ce coworking est le plus couru de la ville, c'est en partie grâce à Allie – un rayon de soleil à elle seule.

En atteignant la porte de son bureau, elle respire à nouveau. Si la piscine ne l'a pas détendue comme elle l'espérait, être ici lui fait du bien : elle s'y sent à sa place. Ses collègues exercent tous des métiers plus ou moins créatifs, et, dès son installation, Léa avait été agréablement surprise par leur curiosité sincère et leur absence totale de jugement. Ils n'avaient d'ailleurs pas hésité à recommander son travail auprès de leurs clients, ce qui lui a permis d'étoffer rapidement son carnet d'adresses.

Voilà qui rassure son syndrome de l'impostrice. Elle qui s'est lancée dans le paper art en autodidacte n'en revient pas aujourd'hui, à trente-neuf ans, d'en être arrivée là. Quelle joie de faire ce que l'on aime. Quel stress aussi, de devoir se vendre, de proposer des tarifs, d'attendre des réponses, de passer des semaines sans activité en pensant tout arrêter et, tout à coup, de devoir bosser jour et nuit, week-ends compris, pour finaliser quatre commandes en même temps.

Elle reprend son projet en cours : cinq cents fleurs de toutes les couleurs pour composer le décor d'une séance photo organisée par une grande marque de parfum et cosmétiques. Elle s'est mis beaucoup de pression – pour changer – et veut que ce soit grandiose. Elle a sélectionné les couleurs de papier avec soin. Elle plie et découpe des morceaux bleu Klein, menthe, turquoise, jaune d'or, rose bubble-gum ou encore vert amande. Elle façonne des pétales par milliers, qu'elle assemble ensuite tout doucement et de manière aléatoire, pour donner vie à un véritable jardin.

Plier, découper, coller, arranger et composer ainsi toutes ces fleurs l'apaise. Chaque jour, elle utilise ses mains pour créer de la poésie fragile.

Elle n'aurait jamais cru il y a dix ans qu'elle ferait ce métier.

De toute façon, il y a dix ans, elle n'aurait jamais cru à sa vie d'aujourd'hui : Adrien, Billie et Harry, leur maison lilloise et son métier d'artisane.

Rien de tout cela, elle ne l'avait imaginé, ni même espéré.

5

Un coup frappé contre la grande porte de son box d'atelier la fait sortir brusquement de sa rêverie :

« Coucou ! On ne te dérange pas, ma grande ? »

Léa les invite à entrer avec un sourire presque résigné. Elle ne va pas dire à Anne et à Jacques qu'elle a trop de boulot pour s'arrêter cinq minutes. Ses parents ont toujours confondu « indépendante-à-son-compte » avec « disponible-à-toute-heure ».

« Tout va bien ? leur demande-t-elle.

— Oui ! On passait dans le coin. On a déjeuné à la nouvelle brasserie à l'angle du boulevard de la Liberté, près des Beaux-Arts. Tu y es déjà allée ?

— Non, pas encore.

— Je te le recommande, on pourrait s'y rendre tous ensemble un de ces quatre. Jacques, qu'est-ce que t'en penses ? Par exemple, dimanche prochain, ça pourrait être sympa !

— Bonne idée, ma chérie, mais vous avez sans doute déjà des choses de prévues, vous, de votre côté ? » ajoute Jacques en se tournant vers sa fille.

Ce week-end, elle aimerait ne rien prévoir, surtout dimanche. Samedi, c'est la journée basket (de Billie) et courses ; dimanche sera sa seule journée de rien de la semaine. Elle aurait voulu juste rester en pyjama, se gaver d'une série en grignotant du chocolat, enroulée dans un plaid avec son amoureux et ses enfants. Aucune envie de sortir.

« Bonne idée, ment Léa, tout en cherchant une excuse dans sa tête. Je vais voir avec Adrien, il a beaucoup de boulot en ce moment avec le nouveau programme de troisième ! »

Son sourire est figé ; elle espère qu'Adrien ne lui reprochera pas de l'utiliser comme prétexte.

« Oui, bien sûr, pas de pression, hein, on ne veut pas vous déranger », lui répond sa mère, les deux paumes de main ouvertes vers elle.

Et voilà, elle culpabilise, maintenant.

Elle a de la chance, pourtant ; elle pourrait avoir des parents complètement absents ou vraiment insupportables. Les siens sont encore bien en vie, s'efforcent de l'aider, de la comprendre, de la soutenir – même s'ils n'y arrivent pas toujours. Ils ne font aucune difficulté pour s'occuper des jumeaux quand Léa et Adrien veulent souffler, ils en sont même sincèrement heureux et ne tarissent pas d'éloges sur leurs petits-enfants adorés. Ils mettent de la bonne volonté dans tout.

C'est juste qu'une boule d'angoisse s'est logée au fond de son ventre, d'un coup, sans qu'elle sache trop pourquoi.

« Avec plaisir ! Je vous redis vite.

— D'accord, ma chérie, tiens-nous au courant pour que je ne réserve pas trop tard, comme ça vient d'ouvrir, ça doit être rapidement complet, affirme sa mère. Et sinon, tu travailles sur quoi en ce moment ? »

Changement de sujet, parfait.

« Je prépare un fond de décor pour un shooting. Je dois le rendre dans quinze jours, je suis un peu à la bourre. Ça va le faire : j'ai encore une bonne centaine de fleurs à terminer pour que ce soit parfait. Après, il faudra que je colle le tout sur ces panneaux, dit-elle en désignant d'un geste deux grandes planches en contreplaqué posées contre le mur du fond de son atelier.

— Tu vas les coller directement ? vérifie son père.

— Oui, j'ai de la colle en spray pour les aplats et les feuilles, et je prendrai mon pistolet à colle pour toutes les fleurs. Ça va être long et répétitif, mais c'est l'accumulation et la superposition qui donneront un joli rendu à la fin !

— C'est sympa, sans aucun doute, ma grande, lui répond-il. Je n'aurais peut-être pas choisi ces couleurs, mais ça doit être à la mode. »

Et bam.

« Si tu as besoin, surtout, tu nous dis. Pour le transport, je peux prêter main-forte », ajoute-t-il comme s'il voulait se rattraper – aurait-il perçu le léger affaissement d'épaules caractéristique de sa fille ?

« Je peux demander à Jean-Claude sa camionnette !

— Oh oui, c'est une bonne idée, merci papa. »

Elle sait que, si son père vient l'aider, il se permettra quelques remarques pas cool : « je n'aurais pas fait comme ça », ou bien « ça manque de volume, tu aurais pu en mettre plus », ou encore « pourquoi tu as accepté ce projet, déjà ? ». Mais, voilà, son père est son père. De toute façon, Léa est incapable de dire non.

« N'hésite pas, on est à la retraite ta mère et moi, faut nous occuper !

— Vous avez pourtant l'air d'avoir des emplois du temps bien chargés.

— Il ne faut pas s'ennuyer. L'ennui, c'est comme une petite mort, affirme Jacques.

— J'aimerais m'ennuyer plus souvent, papa, si tu savais !

— Vous, vous êtes une génération de la sieste ! Vous cherchez toujours à travailler le moins possible ! Nous, on n'avait pas le temps de traîner, il fallait faire toujours plus.

— Oui, bien sûr, c'était mieux avant », lui répond Léa dans un sourire ironique.

L'ambiance se refroidit tout à coup.

« Bon… on ne va pas te déranger plus longtemps, ma grande, propose sa mère, sentant que la discussion pourrait déraper.

— Pas de problème, vous ne me dérangez pas ! »

Léa va juste ruminer cette conversation tout le reste de l'après-midi – mais pas de problème.

« Oui, on doit rejoindre Catherine et Pascal au bowling, précise Anne en regardant sa montre. Jacques, on est déjà en retard !

— Oui, tu as raison, ma chérie, allons-y ! »

Ils la serrent dans leurs bras chacun à leur tour – « bonne journée, ma grande, bon courage surtout ! » –, et elle culpabilise encore plus d'avoir déjà imaginé mille excuses bidon pour esquiver le déjeuner dominical.

Elle va leur dire oui, parce que ça leur fera plaisir, c'est décidé.

Sourire et dire oui, toujours.

Léa redoute les conflits ; même une simple remarque négative l'angoisse : il ne faudrait pas que son interlocuteur la juge mal ou l'abandonne comme ça, au milieu de la conversation.

Quelqu'un la bouscule dans la rue, et c'est elle qui s'excuse.

Adrien a beau lui répéter que ses « pardon, désolée » remplacent les virgules dans ses phrases, l'excuse – sans aucune raison valable, le plus souvent – fait entièrement partie de son langage.

Adrien, tiens, c'est à lui qu'elle pensait avant que ses parents viennent interrompre ses divagations.

Adrien, son refuge de la joie, depuis quinze ans déjà.

6

Il y a quinze ans, Léa venait d'avoir vingt-cinq ans, et Adrien en avait vingt-six.

Elle avait obtenu un premier stage après son master dans une maison d'édition parisienne. Elle ne savait pas trop ce qu'elle allait faire de sa vie. Elle avait bien compris que l'édition, ça ne l'emballait pas, mais, en attendant la révélation, elle profitait de ce milieu où elle baignait dans les livres.

Elle avait rencontré Adrien un lundi gris et froid de novembre.

Ce matin-là, elle avait superposé deux écharpes, une bleue et une verte, un gros bonnet en laine beige et un large manteau noir qui peluchait de partout. Elle formait ainsi une boule informe, mais moelleuse et assez comique.

Sa responsable, alors éditrice, toujours à mille à l'heure, lui avait donné rendez-vous un peu avant 8 heures – c'est-à-dire beaucoup trop tôt – devant un collège du 11e arrondissement. Elles devaient y présenter le monde de l'édition et ses métiers à une classe de troisième.

Elle était sortie du métro à République et avait marché dix minutes dans les rues froides. Elle n'avait aucune envie d'être là. Ses années au collège ne lui avaient laissé aucun bon souvenir, et se retrouver face à des jeunes endormis un lundi matin ne l'enthousiasmait guère.

Elle avait rejoint sa cheffe devant les grilles de l'établissement, en pleine discussion avec le professeur de français qui les accueillait ce jour-là. Il avait un gros pull à col roulé couleur crème, une barbe de quelques jours et le regard le plus doux qu'elle ait jamais croisé. Elle en était tombée instantanément amoureuse. Elle avait même rougi quand il lui avait proposé de se tutoyer tout en lui faisant la bise.

« Tu vas voir, c'est une chouette classe. »

En effet, c'était une chouette classe. C'était surtout un très chouette professeur, et elle n'avait pas manqué de noter son nom et son e-mail.

Toutes les histoires d'amour précédentes de Léa avaient été compliquées et bancales. Elle en était ressortie épuisée en se jurant que, l'amour, vraiment, ce n'était pas pour elle.

Après ce lundi matin de novembre, tout avait été simple et évident : s'étaient succédé une dizaine d'échanges d'e-mails, un café chez Prune une semaine plus tard, puis un dîner, puis plusieurs, puis des week-ends, puis des brosses à dents chez lui, des T-shirts oubliés chez elle et, enfin, le début d'une vie à deux.

Adrien n'avait rien d'un prince charmant sur son cheval blanc, et c'était parfait. Il était un mec normal-de-la-vraie-vie, doux, extrêmement drôle et gentil.

Un soir, quelques semaines après leur rencontre, Léa avait été scandalisée d'apprendre que son amoureux n'était pas du tout branché comédies romantiques – pourtant son genre de film préféré à elle.

« Tu n'as même pas vu *Love Actually* ? l'avait-elle interrogé, indignée.

— Non, jamais. »

Elle s'était alors enflammée, affirmant qu'ils allaient devoir s'y mettre tout de suite, qu'il ne pouvait pas vivre une minute de plus sans avoir vu Meg Ryan répondre aux e-mails poétiques de Tom Hanks, ou Hugh Grant, des lunettes de plongée sur la tête, en train de grignoter du pop-corn au cinéma avec Julia Roberts.

Adrien avait levé prestement la main pour arrêter Léa et son flot ininterrompu de paroles. Il avait froncé les sourcils, d'un air soudain contrarié, et rétorqué :

« C'est toi, ma comédie romantique, de toute façon. »

Et son visage s'était illuminé d'un large sourire.

Après son stage, l'occasion s'était présentée : un contrat à durée déterminée, pour un remplacement de congé maternité. Elle n'avait aucun autre plan, elle ne pouvait pas refuser. Il s'agissait désormais d'entrer dans le monde du travail, sans trop se poser de questions, de payer son loyer comme une grande, de s'offrir des vacances et son péché mignon : du comté trente-six mois d'affinage, celui du marché Maubert.

Elle avait alors rempilé, sans grande conviction. Assistante éditoriale, ce n'était pas vraiment son projet de vie, mais l'équipe était chouette. Les journées passaient vite ; certes, elle n'était pas passionnée, mais elle ne s'ennuyait jamais. Il y avait toujours un manuscrit à relire, un résumé à rédiger, un auteur à rencontrer, une librairie à visiter, une réunion commerciale à organiser, ou un planning de fabrication à finaliser.

Le soir, elle retrouvait Adrien, à la recherche d'un appartement : ils s'étaient décidés à vivre ensemble. Avec leurs deux salaires, ils espéraient avoir un peu plus grand que leurs studios respectifs. Ils étaient partis à l'assaut des agences immobilières, avaient traqué la moindre annonce et même confectionné des petits flyers home made qu'ils avaient déposés dans les boulangeries de leurs quartiers préférés. Au bout de quelques mois, ils avaient trouvé un deux-pièces cosy et lumineux, une gageure, sous les toits, à quelques pas du canal Saint-Martin.

Leur vie ensemble avait enfin pu commencer.

Léa mesurait sa chance : elle n'était plus seule, à présent. Elle n'avait jamais eu de frère ni de sœur ; son père avait été souvent absent, sa mère travaillait beaucoup. Avec Adrien, elle découvrait la joie de tout partager. Désormais, elle pouvait compter sur quelqu'un, faire des projets, créer de nouvelles routines, apprécier les dimanches soir, arrêter les nouilles instantanées et adopter des plantes dont elle saurait qu'Adrien s'occuperait (lui, au moins).

7

Deux années étaient passées ainsi, rapidement, sans aucun nuage.

À la fin du congé maternité de sa collègue, on lui avait proposé de renouveler son contrat, car le travail ne manquait pas. Elle avait accepté ; après tout, ce n'était pas si mal.

Et puis, un jour, Léa s'était passionnée pour quelque chose.

C'était à l'occasion de la sortie d'un livre, dont l'intrigue se déroulait pendant les fêtes de Noël. L'auteur était très célèbre, habitué des best-sellers. Toute la maison d'édition était en ébullition. L'attachée de presse ne voyait plus le jour, et le service marketing était dépassé par les envois d'exemplaires, la préparation du lancement et les séances de dédicaces à suivre.

On avait alors demandé à tout le monde de mettre la main à la pâte ; Léa s'était volontiers rendue disponible pour aider ses collègues. La responsable de la communication l'avait affectée à la décoration du lieu choisi pour la soirée de lancement : l'immense Librairie de Paris, place de Clichy. Il fallait y créer la magie de Noël. Mais on était au beau milieu du mois de mars : aucune décoration de Noël n'était en rayon dans les magasins spécialisés, sinon quelques guirlandes lumineuses très classiques.

Léa s'était renseignée sur ce qu'il était possible de réaliser en un si court laps de temps et avait fouillé Internet à la recherche d'inspiration. Elle était tombée sur des tutos de papier plié sur des sites anglais, les spécialistes mondiaux de l'esprit de Noël. Elle avait trouvé l'idée géniale, avant de courir chez Rougier & Plé, boulevard Beaumarchais, et de dépenser une bonne partie du budget alloué à la décoration de la soirée dans l'achat de grandes feuilles Canson vertes et rouges, de blocs de feuilles métallisées, de bobines de corde fine et de plusieurs pinceaux à colle. Elle avait occupé son week-end entier à découper, à plier et à assembler des centaines de sapins miniatures en carton vert et rouge, ainsi que des petites étoiles dans du papier doré. Elle y avait pris un plaisir fou. Les principes de base de l'origami, qu'elle avait dû apprendre pour l'occasion, lui avaient paru d'une facilité déconcertante ; elle s'était découverte experte dans le maniement des papiers pliés. À la fin du week-end, elle avait ainsi réalisé une quantité astronomique de guirlandes colorées.

Le jour dit, la superposition de ses décorations sur les murs, les bibliothèques et les tables avait ébloui l'ensemble de ses collègues et du personnel de la librairie.

C'est à ce moment-là que la vocation de Léa était née. Mais elle ne l'avait pas compris tout de suite. L'idée avait à peine commencé à germer dans sa tête. Au début, elle était toute petite. Aussi petite que quand on rêve d'être chanteuse ou actrice : un fantasme. Et puis, tout doucement, l'idée avait grandi ; elle était devenue de moins en moins folle et de plus en plus réaliste.

Elle avait d'abord contacté une amie graphiste, lui avait demandé des conseils sur le statut de free-lance en général. Sans trop en avoir l'air, juste pour voir.

Puis elle avait rencontré des paper art designeuses à Paris, leur avait posé mille questions, les avait observées pendant des heures, avait pris de multiples notes et, chaque soir, était rentrée des étoiles dans les yeux.

Elle hésitait, tergiversait.

« Au pire, au bout de quelques mois, tu arrêtes et tu reprends ton boulot d'avant, ou tu cherches autre chose », lui avait dit Adrien, alors qu'il voyait Léa aux prises avec des cartons entiers de doutes.

Ce fut la phrase qui lui permit de lâcher prise et de se décider pour le grand saut dans le vide : quitter son boulot, se mettre à son compte, tout plaquer et devenir plieuse de papiers professionnelle.

En réalité, bien sûr, rien ne s'était fait d'un claquement de doigts : elle avait dû négocier âprement sa rupture conventionnelle, se former en parallèle sur la création d'entreprise, passer des nuits blanches à monter un site internet, à tester des papiers, des couleurs, frapper à des centaines de portes pour proposer un projet, montrer son book, quémander un rendez-vous. Mais elle était déterminée à aller jusqu'au bout.

Et puis, au milieu de tout ce tumulte, Léa était tombée enceinte. À quelques mois de ses vingt-huit ans, alors qu'elle venait de se lancer à corps perdu dans son nouveau projet professionnel, qu'elle découvrait une vie d'indépendante, elle avait appris qu'un bébé s'ajouterait à la montagne à gravir.

Mi-paniqués, mi-heureux, Adrien et Léa s'étaient interrogés : ils n'étaient pas vraiment prêts. Encore moins quand ils avaient découvert qu'un enfant pouvait en cacher un autre...

Mais ils s'étaient sentis invincibles. La fougue de leur jeunesse et de leur amour peut-être, ou plus certainement l'inconscience. Cette grossesse, ce serait un énième grand saut dans le vide. À deux, cette fois-ci.

Pour autant, afin d'accueillir le plus sereinement possible leurs bébés, ils s'étaient décidés à retourner à Lille. Enfin, à s'y installer pour Adrien, d'origine bretonne. Ils savaient que des jumeaux allaient leur prendre encore plus de temps et d'énergie, et que la capitale n'était peut-être pas l'endroit le plus adapté pour les élever. Paris avait été la ville de leur rencontre, de leurs débuts. Lille serait celle où ils deviendraient des parents. Et puis, dans la capitale des Flandres, il y avait les parents de Léa, extatiques à l'idée de cette double naissance, qui s'étaient d'ores et déjà proposés pour les aider régulièrement.

Adrien avait demandé sa mutation, qu'il avait obtenue par chance très rapidement. Les jumeaux lui avaient fait gagner des points dans la grande tombola de l'Éducation nationale.

Pour le prix de leur petit deux-pièces à Paris, ils avaient trouvé l'été suivant à Lille un duplex à louer dans le quartier Gambetta, qui pourrait leur servir de cocon familial et de bureau pour Léa.

Et quand, quelques semaines plus tard, Billie et Harry avaient débarqué une nuit de septembre, ils avaient su qu'ils avaient fait les bons choix.

Onze ans plus tard, ou presque, la vie continue, évolue avec des hauts et des bas. Rien n'est parfait, mais tout s'en approche.

Bien sûr, Léa tâtonne toujours un peu, comme quand on cherche à allumer la lumière dans une pièce sombre. Mais elle ne désespère pas, un jour, de trouver l'interrupteur.

8

11 h 11

C'est l'heure qu'elle fixe sur son téléphone quand il sonne.

L'« heure miroir » qu'on s'amuse à noter en pensée lorsqu'on y prête attention, et qui nous invite à formuler un vœu. Elle s'apprête à en faire une capture d'écran avant que la minute ne passe, pour la montrer à Harry ; son fils adore ce genre de signe.

Mais elle préfère décrocher, de peur de louper l'appel.

Elle est légèrement agacée de voir le nom de sa mère apparaître. Elles se sont croisées il y a moins de vingt-quatre heures. Elle veut sans doute la relancer pour le déjeuner dominical, dans cette maudite nouvelle brasserie ; elle n'a même pas pris le temps d'en parler avec Adrien.

« Maman ?

— Léa ! Léa ! Ils ont emmené ton père à l'hôpital, je les suis, là, c'était juste pour te prévenir. Ils le transportent au CHU, je ne peux pas te parler longtemps, je n'ai pas envie de conduire et de parler en même temps, je vais avoir un accident, en plus... Et puis un autre accident, ça ferait deux, ça ferait trop ! Ce n'est pas possible, ça, Léa, ce n'est pas possible ! Je raccroche, je te rappelle dès que je peux !

— ... Maman ! »

11 h 12

L'heure miroir est passée, et Léa a l'impression que sa vie a basculé.

Elle rappelle sa mère, qui ne répond plus au téléphone, bien sûr.

C'est bizarre, quand nous arrive ce type d'événements. Lorsqu'on se les figure, on s'imagine complètement déconnecté, évoluant dans une autre réalité où plus rien n'aurait vraiment d'importance.

Et pourtant, à ce moment-là, Léa demeure très terre à terre : n'oublie pas tes clefs ; prends ton portefeuille et tes papiers d'identité, au cas où ; remplis ta gourde, car l'attente risque d'être longue.

Elle envoie un SMS à Adrien : « Il est arrivé quelque chose à mon père, je n'ai pas plus d'infos, je rejoins ma mère au CHU et te tiens au courant. T'aime, bisous. »

Elle sait que Billie et Harry ne rentreront pas de l'école avant 17 heures, donc elle a le temps pour s'organiser.

Et même si, d'un côté, elle n'a pas l'impression de devoir s'inquiéter pour ses enfants, d'un autre côté elle laisse deux grosses gamelles de croquettes pour le chat, comme si elle partait pour trois jours.

Terre à terre, mais légèrement à côté de la plaque, tout de même.

11 h 23

« Oh, mais je suis désolé, mon chaton ! Tiens-moi au courant. Tu veux que je te rejoigne au CHU ? Je peux essayer dans 30 minutes. »

« Merci, merci, t'inquiète, je ne sais même pas si c'est grave. Peut-être que ce n'est rien, ma mère s'emballe vite, tu sais bien. Je suis dans le métro, je te redis quand j'y suis. »

« OK, très bien, je suis avec toi. J'attends de tes nouvelles. »

11 h 47

« Je suis avec maman, papa est au bloc. *A priori*, c'est un AVC. Au volant. Quand il rentrait la voiture dans le garage. Je vais rester avec maman jusqu'à la fin de l'opération, elle est un peu sous le choc. Tu peux être à la maison quand les enfants reviendront de l'école ? C'est la mère de Lucas qui les ramène. Je leur avais dit que je serais là. Aussi, j'ai tout laissé en plan sur la table, mes papiers et tout, ne touche à rien, je rangerai plus tard. Merci, merci, et désolée ! »

« Pas de problème, je finis à 16 heures aujourd'hui, je m'occupe de tout. Tiens-moi au courant. Je peux venir te chercher aussi, n'hésite pas. Je suis là. »

9

Léa et sa mère, seules dans cette pièce beige et grise, au milieu d'une marée de chaises vides. Seules, et complètement paumées.

Léa est sonnée. Une journée banale qui se transforme en un instant en journée catastrophe, c'est sans doute la première fois de sa vie que ça lui arrive, et elle ne recommande pas l'expérience.

Les quelques affiches accrochées dans cette salle d'attente vantent les mérites de « la mammographie dès quarante ans » ou du « dépistage du cancer colorectal » et remercient « les visiteurs de respecter les lieux », mais elle les remarque à peine.

Son regard flotte. Ses mains se resserrent sur sa gourde. Elle boit de petites gorgées très régulièrement, comme un tic pour se rassurer, se dire que tout va bien, alors que tout ne va pas bien.

Elle se souvient de son père, jeune et grand – en tout cas, grand pour elle –, qui s'était déguisé en pirate pour la fête du centre de loisirs où elle passait une partie de ses étés, enfant. Elle était si heureuse qu'il soit là, pour une fois. Il était coiffé d'un chapeau noir emprunté à sa mère et avait noué un châle orange en large ceinture autour d'une chemise blanche et d'un short en jean.

Elle le verrait aujourd'hui, elle rirait sûrement de sa dégaine ; pour autant, elle garde le souvenir de ce sentiment de fierté d'être à ses côtés. Son papa à elle, rien que pour elle. Il la portait haut dans les airs en criant « À l'abordage ! », et elle ouvrait ses bras comme un oiseau en riant.

Il était le plus fort, il était invincible.

Maintenant, il est dans un bloc opératoire. Inconscient.

Les heures défilent. Elles donnent l'impression d'être des secondes et des jours en même temps. Rien ne bouge, rien n'avance et, pourtant, la fin de la journée se profile. Billie et Harry doivent être rentrés, et Adrien a dû leur expliquer.

Elle est allée chercher à boire pour sa mère, lui a pris en plus une gaufre aux perles de sucre dans le distributeur automatique, mais elle n'en a pas voulu. Léa ne sait même pas pourquoi elle lui a rapporté ça – c'est vraiment dégueulasse, et aucune des deux n'a faim, de toute façon.

Vers 19 heures, une infirmière vient à leur rencontre : il est sorti du bloc, il se réveille tout doucement.

Elles peuvent aller l'attendre dans sa chambre. Il les rejoindra bientôt.

Un peu engourdies, comme si elles s'extirpaient d'une longue nuit, elles se dirigent vers la chambre 503 en se tenant par le bras.

La pièce ressemble à toutes les chambres d'hôpital : des murs beiges, un volet gris à demi fermé sur une fenêtre avec vue sur la ville, un sol en plastique couleur jaune vieilli, des meubles pratiques, un fauteuil droit, un tabouret, une petite table et des télécommandes pour relever le lit, allumer la télé ou appeler à l'aide.

Son père apparaît, hagard, quelques minutes plus tard, allongé sur un lit à roulettes, poussé par deux infirmières. Il ne semble pas comprendre ce qu'il fait là.

Les infirmières manœuvrent pour installer le lit au centre de la chambre. Le chirurgien entre à son tour. De loin, Léa l'entend, sans vraiment l'écouter. Son père est là, il est vivant. Le médecin semble égrener des phrases toutes faites. Oui, l'opération s'est très bien déroulée. Il a eu un AVC. Non, on ne sait pas trop l'expliquer encore, on va faire des analyses complémentaires. Oui, il va rester encore un peu à l'hôpital, et oui, il aura de la rééducation, mais le plus dur est passé. Il y a toutes les raisons de croire qu'il ira bientôt beaucoup mieux.

Si le soulagement était une matière palpable, elle aurait la texture de la guimauve et envelopperait à cet instant précis les deux femmes.

Pour la suite, elles choisissent de se relayer. Sa mère va rentrer chez elle, dormir un peu et rapporter quelques affaires pour les jours à venir : nécessaire de toilette, pyjamas et vêtements. Léa restera cette nuit, dormira dans le fauteuil à côté de son père et partira demain matin quand sa mère sera de retour.

Vers 8 heures, Léa sort de l'hôpital, hèle un taxi.

Cette nuit ne s'est pas du tout passée comme prévu.

Elle s'engouffre à l'intérieur de l'habitacle, donne son adresse au chauffeur et se tourne vers le paysage, en posant sa tête sur la vitre.

Elle ne veut pas qu'on lui parle ; elle ne veut pas penser. Elle a l'impression d'être comme dans du coton.

Quand Léa arrive à la maison, il est presque 9 heures du matin, et elle a très faim.

10

« T'inquiète, ton père est solide, il va vivre encore mille ans, c'est sûr ! »

Elle est déçue de sa réponse, mais ne dit rien. Ses épaules légèrement affaissées trahissent néanmoins sa contrariété.

Dos à elle, face à un placard de la cuisine et plongé dans la lecture de l'étiquette du paquet de linguine, Adrien ne remarque rien.

« On n'a qu'à préparer des pâtes, c'est très bien, ça, des pâtes au petit déjeuner ! C'est ton plat préféré, ça va te faire du bien. Il reste un peu de parmesan en plus, ni-ckel. »

On ne peut pas lui reprocher de ne pas vouloir agir au mieux.

Mais c'est comme avec ceux qui ont le vertige : il y a toujours un bon samaritain pour leur assurer (souvent très fort et avec beaucoup de condescendance) que « ce n'est pas si haut », que « ça va aller », et que « c'est tellement joli, ce serait dommage de louper ça quand même ».

Et ça n'aide pas, en général.

Eh bien, c'est pareil pour ceux dont la vie s'ébrèche, voire s'écroule, sous leurs yeux. Quand ça ne va pas bien du tout, ça ne sert à rien de dire « ça va aller », de balancer une tape dans le dos en affirmant que « tout va s'arranger ».

Parce que, dans le moment où l'émotion submerge, rien ne peut s'arranger.

Il faut juste être présent. Et c'est dur d'être présent, vraiment, pour quelqu'un. Parce que, souvent, être présent, c'est faire silence : prendre la personne dans ses bras, doucement, la bercer un peu, lui murmurer « je suis là » et attendre – longtemps parfois –, serrés l'un contre l'autre.

Ou alors rester là, sans rien dire, poser une main sur le bras, consoler sans un mot.

Mais voilà, des linguine, c'est bien aussi.

Et puis, il ne sait pas tout.

Elle ne lui a pas raconté les révélations de son père, celles dites plus tard, après qu'elle s'est perdue dans les couloirs de l'hôpital vers 4 heures du matin, cherchant le distributeur pour une boisson chaude qu'elle espérait réconfortante.

Après avoir avalé un cappuccino immonde, ne cessant de se tromper de sens dans les allées, rajustant mille fois sur son épaule son tote bag « Le meilleur est à venir ».

Après avoir retrouvé, enfin, la chambre et s'être arrêtée, un peu essoufflée, devant cette porte, se rendant compte qu'elle était là, en plein milieu de la nuit, dans un hôpital, à veiller son père endormi.

Après être entrée, et avoir eu les larmes aux yeux de le voir ainsi, si petit dans ce grand lit beige, relié à des fils tel un pantin.

Après qu'elle a remarqué que son père était réveillé et qu'elle s'est inquiétée de savoir s'il allait bien.

Après qu'il lui a répondu :

« Tout va bien, ne t'inquiète pas. Assieds-toi, ma grande, je voudrais te dire quelque chose. »

11

Quelque chose.

Deux mots si anecdotiques qui peuvent relever de petits détails de la vie.

« Je te rapporte quelque chose de la supérette ? »

« J'ai trouvé un petit quelque chose pour ton anniversaire. »

« Je couve sans doute un petit quelque chose. »

« Tu veux manger quelque chose pour le dessert ? »

Et puis, ces deux mots peuvent aussi cacher une forêt. Une énorme forêt de secrets et de mensonges.

Un petit quelque chose, et tout bascule.

De toute façon, Adrien doit savoir. Elle a besoin de lui, elle ne peut pas garder cette forêt pour elle toute seule.

« Mon père m'a dit quelque chose. »

Encore ce « quelque chose ». Vraiment, ces deux mots n'ont aucun sens. Il faudrait qu'elle arrête de les employer.

« Enfin, une histoire de fou, plutôt. Son histoire, apparemment. Et, de fait, un peu la mienne. Je ne sais pas comment ni par où commencer. Je suis sonnée, je t'avoue. »

Alors qu'il enclenche le minuteur pour les linguine, il se retourne vers elle, voit son visage, ses grands yeux pleins de larmes, et là il comprend. Il l'assoit doucement sur un des tabourets de la cuisine, avec mille précautions. Il lui prend les mains et les entoure des siennes, comme pour les réchauffer.

« Je t'écoute. Raconte-moi. »

La cuisson des linguine, normalement, c'est onze minutes, mais elles sont trop cuites si on s'en tient à ce délai. Neuf minutes, c'est bien ; *al dente*, c'est toujours mieux.

Et elle n'aurait jamais cru que l'histoire de son père tiendrait dans ce laps de temps. C'est court, neuf minutes, pour raconter un si grand bouleversement. Pour décrire une forêt.

Elle ne le regarde pas une seule fois, elle déballe son récit en fixant la pierre du plan central, une céramique qui résiste à tout : au chaud, aux taches, et sans doute aux chocs émotionnels.

Des larmes coulent sur ses joues, mais sa voix reste étrangement nette et claire.

Pour représenter une forêt, on peut détailler chaque arbre, chaque essence. On peut dépeindre sa taille, sa localisation. Les chemins qui la traversent, les animaux qui l'habitent.

Ou on peut juste dire : « C'est une forêt, avec beaucoup d'arbres. »

Même au *Pictionary*, pour faire deviner le mot « forêt », il suffit de dessiner un arbre ou deux. Un bâton pour le tronc, un rond, un ovale ou un triangle pour la forme. Facile.

« Mon père a une double vie : deux femmes et deux maisons. »

Un arbre. Un tronc, des feuilles.

Et, derrière lui, toute une forêt de questions, d'interrogations et d'incompréhensions.

12

Elle se revoit aider son père à se redresser doucement dans son lit. Elle se revoit s'arrêter de respirer quand il a paru rassembler ses forces pour lui confier :

« Voilà, Léa, ma grande, je ne sais pas trop bien comment te dire ça.

Tu sais… la vie de parents… c'est pas toujours simple.

En fait, je… comment te dire.

Ta mère n'est pas la seule femme de ma vie.

Oh, je l'ai beaucoup aimée, ne t'inquiète pas, et je l'aime toujours énormément ! Mais, avant elle, j'ai rencontré Jeanne, qui a été le grand amour de ma vie, aussi. Tu vois Birkin ? Eh bien, c'était un peu pareil, une fille un peu rêveuse que j'ai croisée au tout début de mes études. J'en suis tombé instantanément amoureux.

Mais bon, voilà, elle était très indépendante, très féministe, comme toi ! »

Il se tourne vers Léa ; chaque mot semble pour lui une épreuve. Elle lui sourit mécaniquement, ne sachant trop si elle doit l'encourager à continuer. Est-ce que ce sont les suites de son attaque qui le font délirer ?

Les effets de la morphine ? Et Léa, au milieu de la nuit, assommée de fatigue, n'est-elle pas en train de rêver ?

« Surtout, reprend-il, elle ne voulait pas d'enfant, ni de vie commune ni même de projets à deux. Elle vivait au jour le jour. Elle voulait changer le monde, faire bouger les choses. Elle était vraiment fantastique, tu sais... Tu l'aurais vue à l'époque, dans les manifs, toujours devant, toujours à crier le plus fort. Elle rayonnait. »

En apnée, le regard qui ne sait pas où se poser, gênée d'entendre son père parler de cette inconnue, Léa lisse son jean du plat de la main comme pour se donner une contenance. Cette scène serait-elle bien réelle ?

« Et puis, j'ai rencontré ta mère, une boule d'énergie, la joie de vivre incarnée ! Je l'ai aimée aussi, énormément. C'était dans une soirée étudiante, celle juste après Noël, en 1976 ; on avait à peine plus de vingt ans. Elle était venue avec un groupe de copines de son école d'informatique, recouvertes de paillettes pour la nouvelle année. Ta mère était toute dorée, elle illuminait la pièce. Elle avait, et elle a toujours, ce grand et large sourire qui donne l'impression que tout coule sur elle, que rien n'est grave. Elle me faisait beaucoup de bien. Elle voyait le beau partout. Elle adorait sortir, entourée de ses copines, elle dansait, elle chantait... Elle mettait de la lumière dans ma vie.

Je les ai aimées toutes les deux, différemment mais passionnément.

Et je n'ai pas pu me résoudre à leur mentir trop longtemps. J'ai voulu être honnête, tu comprends. Je leur en ai parlé longuement avant, séparément. Ça a été très difficile pour les deux. Anne a beaucoup pleuré, elle a souhaité partir. Jeanne s'est foutue dans une colère noire. Mais on s'aimait tellement fort, tu sais. Ça ne pouvait pas s'arrêter là. Alors l'idée d'une rencontre a fait son chemin. Je leur ai proposé de se retrouver tous les trois dans un café, celui de la rue des Trois-Mollettes – tu vois où c'est ? Il n'existe plus aujourd'hui. Je crois même que c'est un magasin de déco, maintenant. »

Il marque une pause, attendant sans doute une réponse de la part de sa fille. Léa hausse les épaules, mais ne répond rien.

« Enfin, bref. C'est là que je leur ai proposé le pacte. De vivre les deux histoires, chaque couple de son côté, deux vies parallèles. Je savais qu'avec Anne je pourrais construire une vraie vie, faites de projets concrets, qu'elle désirait également de tout son cœur : un foyer, une famille, des enfants. Quant à Jeanne, elle ne voulait rien d'autre que sa liberté, et ça me faisait envie tout autant.

Je sais, c'est incompréhensible. Je n'en étais pas très fier, même si, à cette époque, les hommes semblaient avoir tous les droits. Tout cela te paraît sûrement injuste : j'avais deux femmes, et elles devaient se partager un homme. Mais je te jure que ma proposition n'était pas à sens unique. Je les aimais tant, toutes les deux. »

Léa laisse son père parler, elle n'a rien à dire. Elle ne se sent pas capable de prononcer un seul mot, assommée par ce qu'elle est en train d'entendre.

« Alors elles ont accepté, continue Jacques. Et on a construit deux histoires en même temps. Ça n'a pas été simple tous les jours, surtout pour elles. On était si jeunes. Parfois, souvent j'avoue, je m'absentais pour aller voir Jeanne, mais j'ai essayé d'être le plus présent possible pour toi et pour Anne. Ta mère a été vraiment merveilleuse ; je n'aurais pas pu avoir une si jolie famille sans elle. Elle a été mon roc, elle l'est toujours. Je suis si heureux de l'avoir dans ma vie.

— Oui, c'est sûr. »

Léa a prononcé cette phrase dans un murmure, comme pour elle-même.

« Jeanne, elle aussi, a beaucoup souffert, reprend Jacques. Elle n'a pas eu une vie facile, et c'est en partie ma faute. Je me sens souvent coupable. J'aurais dû faire un choix. Mais je n'ai pas pu. J'ai été faible. Je craignais d'offrir à l'une ou à l'autre une vie où j'aurais été malheureux de l'avoir choisie elle, et pas l'autre.

Tu vas me rétorquer que c'était égoïste, et ça l'était sans doute en partie. Même si tout était clair, même si tout était dit, acté, validé, on n'avait pas de modèle, pas de plan : on avait juste nos sentiments et nos émotions – qui d'ailleurs se fracassaient souvent les unes contre les autres –, et ça a été parfois très compliqué. Ça paraît fou, mais ça a fonctionné tant bien que mal, je t'assure.

La preuve, ajoute-t-il en posant une main sur celle de Léa : tu es là, presque quarante ans plus tard, heureuse avec ton mari et tes enfants. On a réussi ça, tous les trois. »

Le silence tombe de nouveau dans la pièce.

Son père attend-il une réponse ? Veut-il qu'elle le rassure et qu'elle lui dise qu'il n'y a pas de problème ? Souhaite-t-il qu'elle lui donne une médaille pour ces réussites ?

Léa n'est capable de rien de tout cela. Elle regarde son père. Il semble si vieux tout à coup, fatigué. Ce monologue l'a visiblement épuisé, mais Léa n'éprouve aucune peine. Elle n'éprouve rien, d'ailleurs. Elle n'a rien demandé. Si elle avait eu dix ans, elle aurait pu mettre ses mains sur ses oreilles et refuser de l'entendre. Mais elle a bientôt quarante ans, alors elle se tient droite, stoïque sur cette chaise en plastique et écoute son père terminer sa tirade.

Doucement, il retire sa main de celle de sa fille, et poursuit :

« Voilà. Ça ne change rien pour toi, au fond. Néanmoins, c'était important pour moi de te l'avouer aujourd'hui. J'ai failli mourir. Dès que je me suis réveillé, j'ai pensé à toi, que j'aurais pu partir comme ça, sans que t'en saches rien. J'aurais dû parler plus tôt. Je craignais tellement ta réaction, que tu me détestes, que tu me fermes la porte de ta vie.

Alors, tu vois, je suis content de t'avoir parlé aujourd'hui, que tu saches qui je suis vraiment. Et aussi que je t'aime très fort. Que je suis extrêmement fier de toi, de cette vie que ta mère et moi on t'a construite. »

13

Ainsi, Léa pensait avoir des parents comme tout le monde.

Mais chaque famille cache un secret, et celui aujourd'hui révélé lui fait l'effet d'une explosion. Elle avait entendu parler de ces familles qui faisaient semblant, comme si tout était normal, alors que rien ne l'était. Elle en découvre à présent la triste réalité : sa famille n'est pas différente des autres.

Elle se sent bête et naïve : comment n'a-t-elle pas remarqué ? Elle croyait qu'ils s'aimaient, et puis c'est tout.

Elle était d'ailleurs assez agréablement surprise de voir que le couple que ses parents formaient tenait bon, alors que ceux de ses copines battaient souvent de l'aile, que les divorces s'annonçaient les uns après les autres quand elle était au lycée. Elle avait de la chance, elle, que ses parents restent ensemble.

On dit aux enfants de ne pas mentir à leurs aînés mais, *a priori*, la réciproque n'est pas vraie : les parents ont le droit de mentir pour le Père Noël, la petite souris, et papa qui avait deux amoureuses.

Bordel, ils l'ont bien eue avec leur histoire de famille parfaite. Elle n'a rien deviné. Aujourd'hui, à presque quarante ans, elle tombe de haut, de très haut.

Léa a été dupée, et ça lui fait mal au ventre. Physiquement, son corps est frappé de mille picotements, comme des fourmis dans la main après avoir dormi dessus trop longtemps, mais à l'échelle de tout son être.

Pourquoi mentir si longtemps à son enfant ?

Faut-il tout remettre en cause, alors ? La Terre est-elle vraiment ronde ? Le sucre est-il vraiment une drogue ? Faut-il vraiment attendre que le bonhomme soit vert pour traverser ?

Finalement, tout ce que ses parents lui ont appris n'était-il pas une vaste blague ?

« Voilà, je ne voulais pas partir sans que tu le saches. Il ne faut pas en faire tout un fromage, mais je pense que c'était important que tu sois au courant. »

Léa lui a souri. Comme on le lui a appris. Elle a souri, et elle lui a enfin répondu : « Bien sûr, je comprends, ne t'inquiète pas, merci de m'avoir prévenue. »

NON MAIS : « Merci de m'avoir prévenue » ? Vraiment ?

Elle se déteste de ne jamais exprimer ses véritables sentiments. Elle se regarde articuler à son père ces mots banals, qu'on dit plutôt à une collègue venant vous informer qu'une réunion est décalée : « Merci de m'avoir prévenue. »

Non, on ne répond pas « Merci de m'avoir prévenue » à son père quand il vous annonce que toute votre existence n'était qu'un putain de mensonge.

Son père doit être soulagé, maintenant. Il a déballé ce qu'il avait sur le cœur ; sa vie « normale » peut reprendre son cours.

Sa fille sait, mais rien ne change.

Pourtant, elle sent au fond de ses tripes, que SI, il faudrait en faire tout un fromage, de cette histoire, plusieurs même, de belles grosses tommes de vache, de celles qui sont lourdes à porter.

Elle a toujours admiré la manière dont ses parents l'avaient éduquée. Elle n'est pas de ces enfants qui ont eu une adolescence difficile, elle ne s'est jamais vraiment rebellée et a respecté les règles à la lettre.

Elle n'a jamais eu besoin de « tuer son père », tel qu'annoncé dans tous les manuels de la vie d'adulte comme un passage obligé.

Mais là, ce matin, alors que les rayons du soleil pénètrent dans la chambre d'hôpital, Léa a l'impression d'avoir quinze ans et de se réveiller d'une longue nuit sans rêve : elle déteste cet homme allongé sur ces draps beiges, qu'elle aimait pourtant de tout son cœur quelques minutes auparavant.

Elle a quinze ans, et elle a la haine.

14

« Et ta mère, elle en pense quoi ? »

La question est posée par Audrey, la meilleure amie de Léa.

Elles se sont rencontrées au lycée, il y a une vingtaine d'années. Elles avaient été immédiatement inséparables. Meilleures amies pour-la-vie-tout-entière, croix de bois, croix de fer. Pourtant, leur bac en poche, elles s'étaient perdues de vue, comme souvent. La vie floute les amitiés et les rend perméables au temps qui passe. Léa était partie faire ses études à Paris, Audrey n'avait pas quitté Lille. Elles s'étaient donné des nouvelles par mail, puis grâce aux réseaux sociaux encore balbutiants. Elles s'étaient « demandées en amies », mais elles ne savaient plus grand-chose l'une de l'autre. Elles étaient restées à la surface de leurs vies, likant les photos, envoyant un « bonne année » ou un « joyeux anniversaire, bisous » au gré des notifications des applications. Rien de plus.

Et, heureux hasard : Audrey est désormais instit dans l'école publique de leur quartier lillois. C'est Adrien qui l'avait rencontrée en premier, il y a plus de dix ans, au goûter de la crèche où les jumeaux avaient eu la chance – inespérée – d'obtenir une place.

Ils avaient rapidement sympathisé. Adrien avait débarqué à Lille avec Léa sans connaître ni la ville ni ses habitants, et il était désireux de se créer un nouveau cercle amical. La crèche était le lieu idéal pour faire connaissance avec d'autres jeunes parents. Il avait proposé à Audrey de passer prendre un café chez eux un matin, et les deux femmes s'étaient ainsi recroisées avec surprise et grand plaisir. C'était comme si elles ne s'étaient jamais quittées. Leur amitié avait repris la place qu'elle occupait autrefois dans leurs vies ; ces dix années éloignées l'une de l'autre n'avaient semblé durer qu'une poignée de minutes. Ensuite, Antoine et Léa avaient rencontré Alex, le mari d'Audrey, à la faveur d'un apéro, puis de plusieurs.

Ainsi, depuis dix ans, ils sont devenus très proches, se voyant régulièrement, à quatre, à trois, à deux, avec ou sans leurs enfants – Audrey et Alex en ont deux aussi : Louis, du même âge que les jumeaux, et Suzanne, de trois ans sa cadette.

Ce matin-là, donc, Léa a envoyé un message à Audrey : « J'ai quelque chose à te raconter, t'es dispo bientôt ? »

Audrey a compris tout de suite que ce *quelque chose*-là c'était, pour son amie, un vrai-truc-important.

Léa lui a écrit le lendemain matin de la visite à l'hôpital, très tôt, après une courte nuit à discuter avec Adrien et à tenter ensuite de dormir un peu.

Audrey a vu son SMS à 6 h 54, à peine deux minutes après sa réception :

« Je suis en route pour l'école, mais je n'ai rien d'urgent ce matin. Je suis de portail aujourd'hui, je dois juste être dans ma classe à 8 h 30. On se retrouve au café habituel dans une demi-heure, ça te va ? »

Bien sûr que ça lui allait.

Tandis qu'elles sont assises devant deux gros bols de thé fumant, l'une en face de l'autre, dans ce petit café de quartier où elles ont passé tant de temps à se raconter leurs vies, avant et surtout après l'école, leurs enfants buvant des chocolats chauds sur le zinc en faisant leurs devoirs, Léa lui déballe tout.

Au fil de son monologue, le regard grave et compréhensif, Audrey lui prend le bras. À la fin, elle se lève et l'enlace longuement, avant de lui murmurer dans un souffle : « Je suis avec toi, ma biche, n'oublie jamais ça, on est ensemble. » Et puis : « Et ta mère, elle en pense quoi ? »

15

Sa mère, elle n'en pense rien.

Du moins, Léa ne sait pas ce que sa mère en pense.

Elle peut se dire qu'elle a dû, à force, accepter la situation, s'en accommoder.

Quarante ans de vie commune, quand même, bordel.

Elle se demande si c'est la raison pour laquelle sa mère se plaignait parfois de tel ou tel comportement de son mari. Léa se souvient qu'elle estimait que sa mère exagérait, que c'étaient juste des disputes sans importance, qu'ils avaient de la chance de s'être rencontrés, de s'être trouvés.

Quarante ans de vie commune, quand même.

Mais elle ignorait ce que sa mère portait comme secrets et comme compromis. Alors, elle tente de décrypter des mots, des attitudes, des remarques, des petits riens qui auraient pu trahir le « quelque chose ». Ça tourne sans arrêt dans sa tête. Elle cherche des réponses ; elle fouille ses souvenirs, toute son enfance, pour essayer de comprendre.

Elle n'a que ça, de toute façon.

Parce que, après lui avoir raconté sa version, son père s'est tu. Sa mère est ensuite arrivée peu avant 8 heures.

Jacques a alors annoncé à sa femme : « J'ai tout dit à Léa », avant d'ajouter : « Pour Jeanne. »

Mais la précision était inutile. Anne a compris sur-le-champ de quoi son mari parlait, Léa l'a lu dans ses yeux.

« Ah, d'accord », a répondu Anne.

Et puis, plus rien. Un blanc, ni long ni court, juste embarrassant. A-t-elle été déçue que son mari ne l'ait pas attendue pour déballer ce lourd secret ? Peut-être. En tout cas, Léa lui en aurait voulu, elle. Mais sa mère a semblé anesthésiée. Peut-être était-elle toujours choquée de l'accident de la veille, déboussolée de voir son mari, d'habitude si solide, jamais malade, allongé désormais dans un lit d'hôpital, pour plusieurs jours encore ? Ensuite, comme si elle reprenait ses esprits, elle lui a demandé : « Et tu as bien dormi sinon, mon chéri ? » Ainsi, la conversation sur le « quelque chose » était close.

Comment est-il possible de changer de sujet si brutalement ?

Après la visite du médecin vers 9 heures, Léa s'est éclipsée.

Et, maintenant, elle demande sur le groupe WhatsApp « Famille Marlant ❤ » si son père va mieux, ce qu'il y a eu au menu ce midi, alors qu'elle voudrait plutôt les bombarder de questions dans un vocal.

Enfin, ce ne serait pas un vocal, ce serait un podcast, voire un livre audio.

Il lui a bien dit, à l'hôpital, en finissant son monologue : « Si tu as des questions, n'hésite pas », mais elle n'arrive pas à les poser ; elle les garde pour elle.

À présent, trois jours ont passé depuis l'accident. Elle a eu du temps pour les formuler, trouver les bons mots, mais, chaque fois, ils s'arrêtent au bord de ses lèvres et s'évanouissent. Elle ne se sent pas capable de parler, d'aborder ce « quelque chose », qui n'est pas « rien-du-tout ». Ça fait comme un gros chewing-gum pâteux et sans goût dans sa bouche.

Elle aurait aimé que ses parents prennent la mesure de la déflagration que ce « quelque chose » produit dans son cerveau.

Elle aurait aimé qu'ils convoquent une sorte de conseil de famille, même dans cette chambre d'hôpital impersonnelle, et qu'elle puisse être guidée par eux pour retrouver son chemin dans cette forêt de questions.

Mais rien. Le « quelque chose » est parti comme il est venu : rapide, sans bruit.

Les silences de ses parents font un boucan d'enfer.

16

Du plus loin qu'elle se souvienne, Léa a toujours espéré avoir un jour un petit frère ou une petite sœur. Un petit frère, surtout ; elle ne sait d'ailleurs pas vraiment pourquoi. Elle le commandait dans sa lettre au Père Noël chaque année, elle le souhaitait de tout son cœur quand elle formulait un vœu avant de souffler ses bougies, elle le réclamait à son père les rares fois où il la bordait, puis à sa mère de bon matin quand elle versait du lait sur ses céréales au chocolat.

Elle a attendu ce qui lui a semblé une éternité.

Mais personne n'est arrivé.

Sa mère, un soir, était devenue toute rouge. Elle se mettait pourtant très rarement en colère ; la scène est encore vive dans l'esprit de Léa.

Alors qu'elle lui demandait une fois de plus si elle pourrait avoir un petit frère pour Noël, sa mère s'était levée de table brutalement et, debout, les poings serrés, lui avait répondu froidement : « Il n'y aura jamais de petit frère ou de petite sœur, Léa. Le sujet est clos. »

Puis, se sentant probablement coupable de son coup de sang, elle lui avait proposé une glace pour le dessert, et que même elles pourraient la manger ensemble sur le canapé du salon, devant un dessin animé.

Léa n'avait plus jamais osé en parler. Mais elle avait toujours espéré. En silence.

Ce soir-là, son père était encore absent, en déplacement à Paris ou ailleurs pour son travail. Elle était habituée depuis sa plus tendre enfance à vivre en tête à tête avec sa mère. Il lui manquait, bien sûr ; néanmoins, elle avait appris à apprécier la vie à deux, faute de mieux. C'était doux, c'était joyeux, c'était facile.

Léa adorait sa mère, le sourire toujours accroché aux lèvres. Chaque matin, quand elle venait la réveiller ; tous les soirs, quand elle la récupérait à l'école, un cookie de la boulangerie entre les mains. Sa mère, c'était sa présence rassurante, sa confidente. Elle pouvait compter sur elle, même si elle était très occupée par son rôle de cheffe d'entreprise. Malgré tout, elle se libérait pour les sorties scolaires, l'accompagnait à la danse le mercredi, au poney le samedi matin. Elle sympathisait avec tout le monde – le postier, la voisine, la boulangère – et tout le monde l'aimait, Léa la première.

Son père, lui, était plus sévère et sourcilleux sur ses résultats scolaires. Il contrôlait régulièrement les devoirs de sa fille, exigeant d'elle un bulletin irréprochable. Il l'emmenait en balade le week-end, lui apprenait à faire du vélo avec, puis sans les petites roues. Il possédait une gigantesque collection de vinyles qu'il lui faisait écouter un par un, en lui détaillant patiemment la genèse de l'album, l'époque, le genre, les arrangements. Lorsqu'il était à la maison, le matin, il la réveillait en plaçant un disque sur la platine ; c'était ensuite à elle de deviner l'artiste, le groupe ou le titre. Grâce à lui, Léa jouissait d'une vaste culture musicale ; elle en était très fière aujourd'hui, imbattable aux blind-tests, incollable sur les groupes de rock des années 1970.

Objectivement, Léa n'avait manqué de rien. Mais, au fond d'elle, il lui avait toujours manqué un frère ou une sœur.

Alors, quand elle avait appris qu'elle attendait des jumeaux, son cœur avait explosé de joie. N'importe quelle future mère aurait sans doute paniqué, mais pas Léa. Elle, elle avait été ravie de cette nouvelle : pour ses enfants, son rêve deviendrait réalité, ils ne seraient jamais seuls.

Si elle avait eu cette chance, elle, d'avoir un frère, elle l'aurait appelé tout de suite en sortant de l'hôpital. Ou alors elle lui aurait écrit dans le taxi : « Devine quoi ? » Elle aurait précisé : « Les parents nous en ont encore fait une belle. » Ils auraient été deux dans cette aventure, ils se seraient serré les coudes, comme Billie et Harry : elle aurait eu un allié. Assurément, son frère aurait trouvé les mots pour demander des explications à son père, et pour comprendre comment sa mère avait pu accepter ce pacte bancal. Bien sûr, elle aurait pu compter sur lui pour mettre ses parents au pied du mur, les confronter à la responsabilité de leurs actes, de leurs mensonges, de leurs silences.

Mais Léa était seule, aujourd'hui, plus que jamais.

17

Ce mardi-là, dans le hall immense de l'hôpital, mère et fille se croisent en coup de vent ; l'une repart encombrée d'un sac de linge sale, l'autre vient prendre des nouvelles en vrai.

La grande entrée vitrée grouille de monde : une douzaine de patients attendent sur des chaises disposées en ligne au milieu de la pièce. Un couple est arrêté devant un long mur bleu sur lequel un large panneau décrit, plan à l'appui, les différents services accessibles via des chiffres, des zones et des couleurs. Des soignants en blouse blanche traversent le hall d'un pas pressé, la tête baissée, l'air préoccupé. Une infirmière se dirige vers les trois énormes ascenseurs en poussant un fauteuil roulant vide.

Une petite ville à l'intérieur de la ville.

« Comment va-t-il ? demande Léa.

— Bien, de mieux en mieux. Il commence même à râler, à dire qu'il s'ennuie, que c'est trop long et qu'il veut rentrer. Je vais lui apporter des mots fléchés.

— S'il râle, c'est qu'il va beaucoup mieux, effectivement.

— Tu connais ton père !

— Je le pensais... »

Gênées tout à coup que l'une ait abordé le « quelque chose » à demi-mot, elles fixent leurs pieds.

« Bon, ma chérie, je file, il sera content de te voir. Merci de passer. T'es une fille en or. »

Tandis qu'elles s'éloignent l'une de l'autre, Anne s'arrête subitement et se retourne en appelant sa fille. Léa ne l'entend pas, à cause du monde alentour, alors Anne insiste, plus fort. Cette fois, Léa l'a entendue ; elle s'arrête et se retourne à son tour. Anne s'avance de quelques pas vers sa fille, s'approche tout près d'elle et pose sa main sur son bras.

Sa voix n'est qu'un murmure ; elle chuchote :

« Je suis désolée, ma chérie, qu'il te l'ait dit comme ça. J'aurais aimé être là, j'aurais aimé que ce soit plus simple.

— Merci, maman. C'est assez difficile, c'est vrai.

— C'est difficile pour lui aussi, tu sais, il porte tout ça depuis tant d'années. On ne veut que ton bonheur, depuis le début. »

Léa dévisage sa mère. Seule la douceur se perçoit dans son regard. Elle croit sincèrement ce qu'elle dit. Elle voit bien à quel point sa mère a adhéré à cette histoire, à ce secret ; elle semble défendre son mari de toutes ses forces.

Léa ne veut pas lui faire de peine. Alors elle cache la sienne :

« Je comprends, maman, ne t'inquiète pas. »

Sa mère baisse la tête, soudain, comme si elle ployait sous le poids d'un lourd chagrin :

« Je serai toujours là pour toi, en tout cas. Cette histoire ne change rien entre nous.

— Oui, maman, je le sais bien. »

Léa s'accorde une pause à la cafétéria de l'hôpital.

Située au fond du hall, au rez-de-chaussée, elle est décorée de guirlandes à fanions aux couleurs criardes, installées au-dessus de chaises mauve et vert anis. On y croise soignants et patients mélangés, cafés douteux et sandwichs en plastique.

Elle fixe sa tasse, le regard dans le vide, les larmes au bord des yeux. Des larmes de tristesse, d'incompréhension et de colère.

Après le départ de sa mère, elle se sent incapable de monter en chambre 503.

Elle ne comprend pas. Sa mère ne la comprend pas. Le déni de sa mère, ça lui fait comme une claque. Personne ne se comprend. Il faut qu'elle sorte de là.

18

Elle connaît par cœur cette salle d'attente. C'est une pièce carrée aux murs crépis, avec une dizaine de chaises en plastique de toutes les couleurs – rose, corail, vert sauge et bleu clair – calées contre les cloisons. Quelques photos de pays lointains et chauds accrochées dans des cadres, ainsi que des affiches sur le don du sang, le parcours vaccinal des enfants, la prise de rendez-vous en ligne et des infos sur le planning familial.

Cela fait plus de dix ans qu'elle vient ici ; Léa y a ses habitudes. Elle y entre directement après avoir fait signe à la secrétaire à l'accueil. De toute façon, elle se présente toujours après avoir envoyé un message à Lucie, qui lui répond invariablement : « T'inquiète, je te prends entre deux patients. »

Lucie est son amie. Au début, c'était juste sa médecin généraliste. Son cabinet est situé à quelques rues de leur maison. Elle y avait pris rendez-vous, un peu au hasard, déjà bien enceinte, alors qu'ils venaient de s'installer dans leur nouvel appartement : elle avait du mal à dormir.

Lucie et Léa avaient très vite sympathisé. Lucie aurait pu être sa mère. Pourtant, ce n'est pas son genre. Elle est une médecin à l'écoute et très appréciée, mais elle garde toujours une distance avec ses patients. Elle avait fait une exception pour Léa, parce qu'elle avait eu envie de l'aider. Quelque chose chez elle l'avait émue. Cette grande fille un peu paumée, mi-souriante, mi-flippée, enceinte jusqu'au cou, qui répétait « Tout va bien se passer », comme un mantra pour se rassurer.

Elles s'étaient beaucoup vues dans les dernières semaines de sa grossesse. Lucie se rendait chez Léa, souvent le soir ; c'était sur son chemin, de toute façon. Léa était épuisée, mais toujours joyeuse. Ses cernes de trois kilomètres ne parvenaient pas à masquer son sourire radieux.

Puis Billie et Harry étaient arrivés. Les premiers jours, Léa avait commencé à osciller entre joie extatique et fatigue extrême, entre bonheur total et angoisse maximale. Adrien n'était pas en reste. Billie et Harry les avaient mis à terre, littéralement. Ils avaient perdu la notion du jour, se levaient six ou sept fois par nuit, erraient dans leur maison le reste du temps, profitant de chaque moment de répit pour s'endormir sur un bout de canapé, un tas de linge sale ou le plan central de la cuisine, un biberon à la main. Heureusement, les parents de Léa avaient été très présents. Anne avait pris des semaines entières de congé en s'organisant pour que sa boîte tourne sans elle, afin d'aider les jeunes parents à tenir. Jacques avait fait des courses, lancé des machines, donné des bains.

Ils s'étaient relayés comme ça pendant des mois. Et ils s'en étaient sortis. Brillamment. Les enfants s'étaient révélés faciles à vivre : ils avaient fait rapidement leurs nuits, se calant l'un sur le rythme de l'autre, avaient appris à être patients, à attendre sans (trop) pleurer leur tour de biberon. Léa était devenue la reine des listes : elle notait le planning de leurs journées, le nombre de biberons à préparer, les courses à faire, les lessives à programmer.

Après six mois, les jumeaux étaient entrés à la crèche, et Adrien avait repris le chemin du collège. Léa s'était retrouvée seule, à la maison. Et c'est là qu'elle était tombée. Pas pendant la grossesse pourtant épuisante ni pendant la tempête des premiers mois ; non, là, alors que tout allait mieux.

Et c'est Lucie qui l'avait aidée. Lucie, qui avait su trouver les mots. Elle lui avait donné le nom d'une psy, prescrit des antidépresseurs pour qu'elle puisse regagner un peu d'élan et de force et, surtout, lui avait recommandé de s'aérer. Elle avait raison, encore une fois. Cela faisait des mois qu'elle ne sortait que pour des courses rapides ou un rendez-vous médical ; jamais elle ne prenait l'air. Un matin de mars, elle s'était décidée. Elle avait enfilé son manteau en laine et était sortie de chez elle, sans aucun but précis.

Ce jour-là, elle avait bifurqué à gauche, était passée devant la Friterie Mestré qui s'apprêtait à ouvrir ; les odeurs caractéristiques de friture lui étaient montées au nez. Elle s'était dirigée vers Wazemmes et son marché couvert qu'elle aimait tant. Ça la rassurait de déambuler dans son quartier qu'elle connaissait par cœur, ça l'apaisait même. Les rues étaient encore tranquilles. Dans quelques minutes, tout s'animerait, le temps du déjeuner.

Elle s'était sentie bête toute seule, comme ça, à marcher d'un pas rapide, sans but. Elle avait eu envie de passer à la boulangerie – du pain, on en a toujours besoin. Ça ferait un objectif à sa balade. Le nez sur la vitrine, elle avait commandé deux baguettes puis, au dernier moment, choisi un éclair au chocolat rien que pour elle. Avant de régler la note, son regard s'était posé sur les petites annonces collées contre la caisse. L'une d'elles avait attiré particulièrement son attention : une place était disponible dans un coworking près de chez elle.

Elle avait payé, remercié et souri à la boulangère, puis repris sa marche. Il faisait frais, mais il faisait beau ; elle avait poussé encore la balade de quelques pas.

Sans s'en rendre compte, elle s'était retrouvée devant le jardin des Sarrazins. Elle n'était plus très loin du collège d'Adrien. Elle avait pénétré dans le parc, remonté les allées, regardé les fleurs naissantes sans les voir, s'était arrêtée un instant devant un grand chêne, la tête relevée, les yeux plissés, gênée par le soleil de l'hiver lillois.

« Tu ferais quoi, toi, à ma place ? »

Voilà qu'elle s'était mise à parler aux arbres. Normal : neuf mois de grossesse, six mois enfermée avec deux bébés à ne plus distinguer le jour de la nuit, des milliers de biberons donnés, encore plus de couches changées et des centaines de doubles bains préparés. Tout ça, ça l'avait rendue folle. Adrien avait tenu le coup, mais peut-être faut-il toujours un parent qui tombe.

Elle s'était assise sur un banc vert foncé, juste à côté du chêne. Elle avait mordu dans son éclair au chocolat. Elle avait fermé les yeux et s'était sentie bien tout à coup ; le goût de la crème pâtissière lui avait fait l'effet d'un gros câlin. Et c'est à ce moment très précis qu'elle avait pris la décision d'aller mieux : elle ne tomberait pas, pas maintenant, pas complètement. Bien sûr, ce serait long ; les états d'âmes ne sont jamais noirs ou blancs. Mais elle sortirait tous les jours, s'accorderait du temps pour rien, irait saluer son nouvel ami au jardin des Sarrazins. Et puis, surtout, elle allait répondre à l'annonce du coworking. Elle avait eu besoin de revenir à ses petits papiers pliés, de retrouver la joie de travailler. Elle avait eu besoin de rencontrer du monde, de faire des choses pour elle, loin de chez elle et de la machine à laver remplie à ras bord de bodys sales.

Encore aujourd'hui, elle remercie régulièrement le chêne du jardin des Sarrazins, qu'elle passe voir de temps en temps. C'est grâce à lui, aussi, qu'elle s'est extraite du marasme de son post-partum et qu'elle a repris goût à la vie.

19

« Comment tu vas, ma Léa ? lui demande Lucie en refermant la porte de son cabinet après lui avoir fait signe d'entrer d'un sourire.

— Pas super », lui répond-elle en retirant sa veste en jean et en la déposant sur le dossier de la chaise, où elle finit par s'asseoir, lourdement.

Comme avec Audrey, elle lui déballe tout. Lucie écoute attentivement en silence, haussant de temps en temps les sourcils.

« J'ai une boule au ventre qui me pèse continuellement, avoue Léa dans un souffle. Je me dis que, peut-être, tu pourrais me prescrire des anxiolytiques. Si c'est plus léger que ce que tu m'avais donné à la naissance des enfants ? »

Lucie se fige, avant de se racler la gorge. Léa a déjà deviné ce que son amie s'apprête à lui répondre.

« Écoute, je vais faire ma vieille rabat-joie, mais je te conseille surtout de parler avec tes parents.

— Je sais.

— Tu ne régleras pas ta vie avec du Xanax. Ça se saurait sinon, crois-moi », affirma Lucie avec douceur.

En sortant du cabinet médical, Léa lève la tête vers le ciel : il est tout gris. Cela ne colle pas avec la météo qu'il devrait faire en juin, même un mardi, même à Lille. Léa refuse ce temps pourri, cette soirée qui s'annonce banale et qui n'apaisera en rien ses ruminations et ses angoisses. Ras le bol de balancer sa peine à tous les gens qu'elle aime, les uns après les autres.

Léa est lasse et a envie de fantaisie.

20

Elle claque la porte du revers du pied et, dans l'entrée, crie :

« À table, j'ai une surprise ! »

Au fond de la pièce à vivre, la baie vitrée est ouverte. L'air est soudain plus doux, le début de soirée plus lumineux.

Adrien, assis à la table de la cuisine, lève la tête de ses copies. Il se redresse en découvrant Léa encombrée de quatre boîtes plates coincées sous son menton.

« Pourquoi t'as rapporté des pizzas ? J'avais préparé un gratin de chou-fleur dimanche, il n'y avait plus qu'à le réchauffer. Les enfants ne vont plus en vouloir, maintenant.

— J'avais envie de pizza. »

Tandis qu'elle dépose les cartons sur le plan central, Adrien s'approche, contrarié :

« Détends-toi, le devance Léa, en posant sa tête contre son torse et en l'encerclant de ses bras. Je voulais juste mettre un peu de folie dans cette semaine. Je suis un peu paumée en ce moment, j'ai besoin d'une soirée cool. »

Le silence se fait entre eux deux. Le corps d'Adrien, auparavant tendu, se relâche au contact de celui de Léa, collé contre lui.

« OK », se résigne Adrien, finalement pas si fâché et surtout attiré par l'odeur alléchante de pâte cuite et de fromage fondu.

Soudain, un bruit sourd envahit la pièce. Billie et Harry descendent à toute vitesse l'escalier et déboulent en une seconde, criant en chœur :

« Des pizzas ! Trop génial !

— Oui, votre père et moi, on s'est dit qu'on pouvait changer les plans de temps en temps. Le mardi, c'est parfait pour une soirée pizza, non ?

Elle adresse un clin d'œil à Adrien, qui lève les yeux au ciel en souriant.

« Harry, tu mets la table ? Mais pas besoin d'assiettes ! Et, Billie, tu lances un épisode de *Friends* à la télé ? Foutu pour foutu, autant faire une soirée pizza ET série ! »

Les jumeaux sautent de joie, approuvant ainsi la proposition de leur père.

« Moi, je suis clairement pour des mardi-pizza-série tous les jours ! s'exclame Billie, la télécommande entre les mains.

— On pourrait appeler ça des mardi-pizzi-série, pour que ça rime ? ajoute Harry en déposant quatre fourchettes et quatre couteaux sur la table basse.

— Ça fait zizi, c'est nul.

— Les mardis-les-plus-super-de-la-Terre, ça te va, là, ça rime plus ? lui propose Harry.

— Vendu ! » lui répond Billie.

Et tous deux claquent leurs mains l'une contre l'autre pour valider leur nouveau concept.

Alors que Léa regarde ses enfants, une vague d'amour l'emplit tout entière, chassant d'un coup le mal de bide tenace. C'était ça dont elle avait besoin : une soirée loin de l'hôpital, loin du « quelque chose », à ne pas penser à ses parents. Une soirée avec sa famille à elle, son quatuor de l'amour.

21

« Pourquoi tu ne veux pas qu'on se marie ? » interroge Léa alors qu'elle plie difficilement les boîtes à pizza.

Les jumeaux sont montés à l'étage se brosser les dents et enfiler leurs pyjamas. Adrien range les verres et les couverts dans le lave-vaisselle. Il arrête son geste quelques secondes et fixe Léa, avec un léger sourire :

« Je te l'ai déjà dit, le mariage, pour moi, ça n'a pas de sens. Mes parents se sont mariés, et jamais ils n'ont été heureux ensemble. Tout le monde a été soulagé quand ils se sont séparés, moi y compris. J'ai peur que le mariage me rende malheureux.

— Moi, ça me rassurerait. Comme ça, je ne serai plus jamais seule.

— Mais tu n'es pas seule : je suis là. Et tu as Billie et Harry. Ce n'est pas parce qu'on se marie qu'on s'appartiendra plus qu'avant, ou que je t'abandonnerai moins.

— Parce que tu as l'intention de m'abandonner un jour ?

— Mais non, jamais de la vie. Je préfère me réveiller tous les matins à côté de toi en choisissant de l'être, plutôt que de signer un papier à la mairie qui ne signifie pas grand-chose. Le mariage, c'est une convention, et je n'ai pas besoin de contrat pour m'obliger à t'aimer ou à rester avec toi. C'est un choix, le couple. »

Léa attrape une éponge sur le bord de l'évier et se dirige vers la table basse pour y essuyer les miettes et les taches, témoins de leur repas.

« Je sais, j'ignore pourquoi, là, cette convention me rassure. Tu vois, aujourd'hui, à la lumière de l'histoire de mes parents, je me dis que je ne peux plus faire confiance à personne. Sauf à toi et aux enfants, bien sûr. Et pourtant mes parents se sont mariés il y a quarante ans sur la base d'un mensonge. Je devrais plutôt détester cette idée du mariage. D'ailleurs, on ne peut pas être marié à deux personnes à la fois ; c'est ma mère qui a gagné sur ce coup-là. Sans doute à cause de moi, c'est mieux de normaliser la famille qui fait plus "vraie".

— Tu ne sais pas tout ça. Tu imagines. Tu devrais le leur demander.

— Je sais bien. Mais je n'y arrive pas. »

22

Depuis quelques jours, tout remonte à la surface : c'est fou à quel point les souvenirs d'enfance changent de forme et de couleur à la lumière du « quelque chose ». Avant, elle se souvenait presque uniquement de son père, grand et fort, qui dansait pieds nus sur le tapis du salon, le son de la platine poussée au maximum. Désormais, elle se souvient aussi des vides qu'il laissait. De ses absences, de ses appels téléphoniques depuis des villes inconnues.

Elle a bien remarqué que, ces dernières années – quinze ans, maintenant, qu'elle ne vit plus chez eux –, son père était davantage présent : moins d'allées et venues, de voyages d'affaires. Peut-être avait-il enfin choisi entre sa mère et Jeanne. En même temps, elle n'est plus à la maison pour pointer les disparitions de son père. D'ailleurs, elle ne sait plus grand-chose de ce que font, disent et pensent ses parents.

Elle se souvient, et ça lui semble évident aujourd'hui, que le « quelque chose » était déjà bien présent dans leur vie, depuis que Léa était toute petite, sans qu'elle s'en rende compte. Jacques partait souvent en déplacement professionnel : des projets d'urbanisme à aller observer dans d'autres villes ou pays afin de nourrir – de retour à Lille – des ébauches d'ouvrages architecturaux dans le service « urbanisme-qualité de vie » de la communauté d'agglomération lilloise qu'il dirigeait. C'était suffisamment régulier pour que la voisine, Martine, celle qui travaillait à la banque de la petite place au bout de leur rue, glisse une fois à sa mère : « Dis-moi, Anne, ton mari est plus souvent absent qu'un marin ! » Léa s'en souvient, car elle avait ensuite demandé à sa mère, une fois que Martine s'en était allée, si son père avait un bateau et si elle pourrait monter dessus un jour.

Elle se souvient d'un soir d'anniversaire, peut-être pour ses huit ou neuf ans. C'était en semaine ; son père manquait à l'appel. Elle en avait été profondément chagrinée car, d'habitude, il se débrouillait toujours pour fêter l'anniversaire de sa fille. Elle n'avait donc pas voulu le prendre au téléphone ; c'était trop facile. Sa mère avait dû insister, alors elle avait cédé et même soufflé ses bougies avec son père qui écoutait au bout du fil ; elle se souvient de l'avoir entendu applaudir dans le haut-parleur. Elle se souvient aussi du gâteau au chocolat tout chaud que sa mère avait cuisiné à toute vitesse en rentrant du travail et qu'elle avait agrémenté, une fois cuit, de vermicelles multicolores qui avaient fondu et s'étaient décolorés. Elle se souvient que c'était un peu raté, et même un peu triste, bien qu'Anne ait surjoué la bonne humeur et accepté que Léa regarde, le soir, le début du film, jusqu'à la première publicité. Elle se souvient qu'elle avait demandé à sa mère de rester à côté d'elle, près du lit, alors que ça faisait des années qu'elle, la grande fille, s'endormait seule, sans histoire.

Elle se souvient aussi quand elle s'était cassé le poignet en CE1, que sa maîtresse avait appelé sa mère, qui avait débarqué en catastrophe à l'école pour l'emmener aux urgences. Elle se souvient que sa mère avait joint son mari en utilisant le téléphone de l'accueil des urgences ; elle l'avait entendue le supplier, toute recourbée et crispée sur l'appareil. Mais son père ne pouvait pas rentrer, pas si rapidement, et sa mère avait dû prévenir une énième fois son équipe qu'elle ne reviendrait pas au bureau de la journée.

Elle se souvient de leur séjour dans le petit village-vacances des Cévennes qu'ils adoraient tous les trois et retrouvaient pour la troisième ou quatrième année. Elle se souvient que, cette année-là, son père avait eu une urgence au travail et qu'il avait dû s'absenter quelques jours. Elle en avait ressenti une impression bizarre dans le ventre.

Elle se souvient que sa mère avait eu l'air triste ou contrariée – elle n'est plus trop sûre, désormais. Avait-il rejoint Jeanne, plutôt que de rentrer à Lille ? Existe-t-il ce genre d'urgence dans la fonction publique en plein milieu du mois d'août, même pour une grande ville ?

Elle croit se rappeler en tout cas que c'était la dernière année qu'ils étaient allés dans les Cévennes.

Elle se souvient des cartes postales reçues des quatre coins de la France et de l'Europe : Limoges, Marseille, Bordeaux, Barcelone, Rome, Nantes, Brest. S'y était-il vraiment rendu ? Avec Jeanne, peut-être ? Et comment sa mère avait-elle consenti à épingler ensuite sur le frigo familial ces cartes, comme des preuves des escapades amoureuses de son mari ?

Tout était de toute évidence devant ses yeux depuis le début, mais Léa n'avait rien vu.

Il y a aussi tout ce qu'elle ne sait pas : où vivait Jeanne à l'époque – à Lille ou ailleurs ? Que faisait-elle comme métier ? Qu'est-elle devenue après ce pacte ? Où est-elle aujourd'hui ? Ne l'a-t-elle pas croisée une fois dans la rue sans le savoir ? Son père ne la lui a-t-il pas présentée sans la prévenir ? Sa mère a-t-elle toujours accepté cet état de fait ? N'a-t-elle jamais dit stop ?

23

Le lendemain, Léa décide de poser, à sa mère, toutes les questions qui tournent dans sa tête depuis des jours : elle lui propose de passer un peu de temps ensemble, dans les rues lilloises. Faire du shopping, déjeuner, papoter.

Anne accepte avec grand enthousiasme.

« Ça me réjouit, on ne fait jamais ça, et puis je n'ose pas te demander, tu as toujours du travail ou des amis à voir. Je suis heureuse que, pour une fois, tu penses à ta vieille mère. Je vais finir par supplier ton père de rester plus longtemps à l'hôpital pour pouvoir profiter de toi ! »

Voilà, Léa sait pourquoi elle ne passe pas davantage de temps avec ses parents : à cause de ces petites phrases.

La journée est particulièrement belle. Aucun nuage à l'horizon, le ciel est d'un bleu calme, d'une intensité qui donne un sentiment d'éternité.

Les touristes sont apparus en même temps que le soleil, les rues grouillent, Léa ne peut pas marcher aussi vite qu'elle voudrait dans les dédales pavés du centre. La Grand-Place est noire de monde, Léa cherche des yeux sa mère dans cette foule.

Soudain, elle aperçoit une silhouette lui faire de grands gestes : Anne arrive du côté de la gare Lille-Flandres. Elle trottine vers elle et la prend dans ses bras. Et, doucement, elles remontent la rue Esquermoise semée de boutiques en tous genres. Après avoir partagé des banalités sur la santé de Jacques, le temps magnifique, la joie de s'octroyer cette demi-journée ensemble, comme des touristes dans leur propre ville, voici qu'elles marchent en silence, en contemplant les vitrines.

Léa observe sa mère du coin de l'œil, elle a l'air sincèrement heureuse et détendue ; elle ne l'a pas vue ainsi depuis longtemps.

La culpabilisation fonctionne.

Quand toute la famille est réunie, elles n'échangent finalement que quelques mots. Au fond, Léa ne prend jamais le temps de savoir si sa mère va bien. Vraiment.

Elles finissent par entrer dans un magasin de vêtements, attirées par un beau châle bleu roi. À l'intérieur, Anne caresse l'étoffe légère, s'enthousiasme de sa douceur, de l'originalité de sa couleur, elle qui porte rarement du bleu. Léa s'amuse de l'engouement de sa mère, lui enroule le châle autour du cou et lui enjoint de l'acheter.

« Il est vraiment magnifique ! Il serait parfait pour les soirées d'été.

— Oui, je l'aime beaucoup, lui répond Anne en faisant un pas de côté pour se regarder dans une glace. Il coûte combien ?

— Quarante-neuf euros quatre-vingt-dix, déchiffre sa fille sur l'étiquette qui dépasse dans son dos.

— Oh, d'accord. Je ne sais pas.

— Enfin, maman, tu peux largement te l'offrir !

— Oui, mais ton père va dire que j'en ai déjà mille, et que je n'en ai pas besoin. Et puis, avec les travaux dans le jardin, on n'est pas si riches, tu sais. »

Léa connaît cette chanson. Elle s'en souvient, maintenant. Et, ce matin, elle la frappe d'autant plus. Cette ritournelle l'agace, elle l'a entendue presque toute sa vie. Celle de sa mère qui hésite, qui n'ose pas, qui préfère réfléchir, qui prend peu de décisions, qui dit « Ton père ne sera pas d'accord », ou « Je vais en parler à ton père quand il sera de bonne humeur », ou encore « Ne le répète pas à ton père, surtout ». Elle n'aime pas ce refrain, trop entêtant.

Mais aujourd'hui, à la lumière du « quelque chose », elle s'inquiète.

Qu'est-ce que sa mère a vraiment décidé ? N'a-t-elle vécu que dans l'ombre de son mari et du secret qu'il faisait peser sur toute la famille ? S'est-elle véritablement épanouie jusqu'alors, ou n'a-t-elle que des regrets ? Cet accord tacite entre eux en était-il un ? Cette double vie pour lui n'a-t-elle pas été pour sa mère qu'un long calvaire ?

Anne a toujours gagné sa vie. Devenue mère à vingt-trois ans, elle avait écourté ses études d'informatique et pris, dans un premier temps, des postes à mi-temps sans grandes responsabilités. Mais, rapidement, une fois sa fille plus autonome, elle s'était démenée pour se former en parallèle afin de gérer une petite boîte d'informatique dans laquelle elle manageait une équipe de dix personnes. Elle avait mené sa barque avec bienveillance, intelligence et pugnacité. Résultat, à soixante ans, elle avait vendu ses parts confortablement, en gardant un petit quart-temps au bureau pour, selon ses mots, « ne pas perdre la main ».

Jacques, quant à lui, avait donc bénéficié de l'aura d'une carrière dans la fonction publique en tant que cadre, puis directeur du service d'urbanisme d'une collectivité de l'agglomération lilloise.

Anne et Jacques avaient réussi, comme on dit.

Léa avait beaucoup de fierté pour sa mère qui s'était battue seule – sans l'aide de ses parents, qui n'avaient ni les moyens ni l'ambition pour elle. Elle avait observé de nombreuses fois sa mère au travail. Petite, elle passait par son bureau en rentrant de l'école et restait parfois pour y faire ses devoirs. Elle l'admirait en train de débattre avec ses collègues, discuter de projets ou de clients compliqués. Elle la voyait arbitrer, prévoir, convaincre, s'engager avec une autorité naturelle qu'elle ne lui connaissait que là. Quand elle serait grande, elle voulait faire comme elle : maîtresse du monde des ordinateurs.

Pourtant, aujourd'hui, dans cette boutique, face à ce châle bleu roi qui paraît d'un coup bien terne, Léa comprend que sa mère n'est pas si forte. Elle est aussi et surtout vulnérable, bardée de doutes et légèrement en retrait, parfois.

Et que ses sourires peuvent sonner aussi faux que ceux de sa fille.

Au fond d'elle, Léa sait déjà qu'elle ne posera, à sa mère, aucune des questions qu'elle avait prévues aujourd'hui.

« Je vais réfléchir, chuchote Anne, en reposant le châle sur le portant.

— C'est tout réfléchi, lui répond Léa d'une voix convaincue, en le reprenant là où sa mère l'a laissé. Je te l'offre, maman !

— Oh non, mais ça me gêne, je n'en ai pas besoin !

— Ça me fait plaisir ! On ne discute pas, de toute façon, j'ai décidé ! »

Léa se dirige d'un pas vif vers la caisse et se retrouve face à la responsable du magasin qui lui sourit, elle a apparemment entendu la fin de leur conversation. Habillée d'un pantalon taille haute en tissu épais, d'une chemise en soie et recouverte de lourds bijoux dorés, elle commente d'une voix tonitruante :

« Très bon choix et une très bonne idée de cadeau ! »

Puis elle ajoute à l'adresse d'Anne, qui rejoint Léa près du comptoir :

« J'aimerais avoir une fille comme vous, madame ! »

Anne se contente d'acquiescer. Léa est gênée, elle n'aime pas cette dame ni cette conversation.

La vendeuse lui rend sa carte bancaire ainsi qu'un sac en papier vert sapin, floqué du nom de la boutique, à l'intérieur duquel elle a soigneusement plié le châle, enroulé dans un papier de soie rose. Mère et fille sortent enfin de la boutique : Léa tend le petit paquet à Anne, qui la remercie d'un regard chaleureux.

Et c'est toujours le même schéma qui se répète. Léa achète à sa mère ce qu'elle n'ose pas s'offrir. Comme pour lui dire : tu as le droit d'être celle que tu es ; tu as le droit de prendre de la place ; tu as le droit de te l'acheter, ce châle. Je suis là, je m'en occupe, je te protège, maman, je te sauve même de ta propre vie – tu me saoules parfois, mais je sais que tu es géniale, ne t'en fais pas.

Le dire avec des mots n'est pas si facile, alors elle le fait avec sa carte bancaire.

24

Samedi matin, le soleil persiste.

C'est la dernière fête d'école de Billie et de Harry. L'année prochaine, ils entreront en sixième. L'année prochaine, ils seront grands. Aujourd'hui, ce sont encore ses tout petits bébés. Des bébés d'un mètre quarante-cinq, certes, mais ses bébés quand même.

Et Léa, plantée au milieu d'une centaine d'autres parents dans cette cour de récré où il n'y a presque pas d'ombre, a soudain les larmes aux yeux. Elle observe, émue, sa fille et son fils, si grands mais si petits à la fois, discuter avec leurs copains et copines, avant qu'on ne les appelle pour le spectacle final.

D'un coup, dans son champ de vision apparaît Myrtille Bernic, la présidente de l'association des parents d'élèves ; son ventre se serre d'angoisse. Avec son serre-tête impeccablement fixé sur ses cheveux brushés et son chemisier à fines fleurs bleues, elle est la perfection même. Tout ce que, bien sûr, Léa n'est pas. Depuis que Myrtille est à la tête de l'association, tout file droit à l'école. Les parents sont régulièrement mis à contribution pour confectionner des gâteaux (sans sucre), financer des sorties scolaires (culturelles), fabriquer des déguisements (biodégradables), ou décorer la cour pour de multiples occasions : Noël, Halloween, ou simplement le printemps.

Et c'est sur ce dernier point que Léa est systématiquement sollicitée, à cause de son métier. Ces dernières années, elle a fourni des kilomètres de papier crépon et passé de nombreuses soirées et dimanches à confectionner des milliers de guirlandes de fanions. Elle est heureuse de se dire que, bientôt, avec l'entrée au collège des enfants, elle ne craindra plus les appels de Myrtille Bernic l'obligeant à sacrifier un énième week-end.

Tandis que Myrtille approche, Léa fuit son regard. Elle se tourne légèrement vers Adrien – pourtant occupé à prendre un millier de photos de leurs enfants – et ouvre la bouche comme pour mimer une grande conversation. D'un coup d'œil, elle constate avec bonheur que Myrtille la dépasse sans s'arrêter. Elle ferme la bouche et soupire de soulagement.

Léa revient alors à son centre d'intérêt principal : ses bébés adorés. Elle a coiffé Billie ce matin, à l'aube, d'une queue-de-cheval bien serrée sur ses ordres et a mis des paillettes sur ses pommettes. Harry, lui, a voulu enfiler sa chemise bleu clair pour l'occasion. Ils sont si beaux. Elle ne sait pas comment, avec Adrien, ils ont réussi à fabriquer deux êtres aussi parfaits, géniaux et drôles.

Elle lève les yeux au ciel pour ne pas que ses larmes s'écoulent sur ses joues. Heureusement, elle peut se cacher derrière ses grandes lunettes de soleil. Adrien enroule son bras autour de ses épaules et, d'un regard, ils se disent l'émotion et la fierté de voir leurs enfants reproduire maladroitement leur chorégraphie de fin d'année sur cette étendue goudronnée.

Comme il s'agit de la dernière fête de primaire de toute-leur-vie, Billie et Harry, avec des accents dramatiques dont ils sont capables, ont imploré leurs parents de rester un peu après la fête. Léa déteste le monde, le bruit et la pêche à la ligne – où l'on gagne d'horribles pistolets en plastique. Mais, cette fois, elle a cédé.

Ainsi, ils font désormais la queue au stand de course en sacs. Et Léa a ordre de garder ses distances, pour qu'ils n'aient pas trop la honte d'avoir leur mère collée à leurs basques.

Un peu plus loin, Adrien est en grande discussion avec Audrey. En les voyant, Léa s'empresse de les rejoindre et d'enlacer son amie chérie.

« Bichette, comment tu vas ? Bravo pour le spectacle, c'était super chouette !

— Ne te force pas, Léa, va. Moi aussi, j'ai bien remarqué que l'ampli ne fonctionnait pas.

— Si, c'était parfait, un joyeux chaos ! Tes enfants sont partis jouer ? lui demande Léa en regardant tout autour d'eux.

— Oui, comme d'hab : Louis est campé devant le stand des barbes à papa, et Suzie dans le château gonflable.

— On a peut-être le temps de se boire une petite bière tiède ?

— Avec plaisir ! » répond Audrey dans un sourire.

Léa signale d'un geste à Billie et à Harry qu'ils se dirigent vers la buvette ; ils pourront les rejoindre plus tard. Adrien fait déjà la queue pour leurs trois bières.

« Alors, tu as réussi à parler à ta mère ? la questionne Audrey.

— Non, vraiment pas. Ça va faire presque quinze jours maintenant, mais je suis bloquée. Je n'arrive pas à lui parler, ni à mon père. Peut-être que je ne devrais rien leur demander : s'ils ont décidé de ne pas m'en dire plus, c'est qu'ils ne le souhaitent pas.

— Peut-être. En même temps, personne n'a très envie de raconter ses histoires de cul à ses enfants, en général.

— Oui, c'est sûr, mais bon, là, ça dépasse la simple histoire de cul.

— Évidemment. Néanmoins, eux pensent que c'est juste ça, et que ce n'est rien de grave.

— Tu crois que j'en fais trop ? s'inquiète Léa.

— Non, vraiment pas, ma biche ! Chacun réagit comme il peut, tu sais. Si tes émotions débordent, il faut les laisser faire !

— Je ne sais pas. J'aurais préféré réagir calmement, trouver ça presque normal et continuer ma vie peinarde. Finalement, des histoires comme celle de mes parents, il y en a mille dans les livres et les films, et même dans la vraie vie. Ce n'est pas très original.

— Ce n'est pas parce qu'il en existe des milliers d'autres que ça doit te sembler normal à toi, et te faire moins souffrir, lui répond Adrien, de retour avec trois bières dans des verres en plastique.

— Mouais. J'aimerais ne pas être autant à fleur de peau parfois, moins réfléchir, moins chercher à décortiquer mes émotions. Peut-être que ça me permettrait d'être moins extrême !

— J'en doute, ma chérie. Extrême et radicale sont tes deuxième et troisième prénoms : ils sont inscrits en toi, et c'est pour ça qu'on t'adore, n'est-ce pas, Audrey ?

— Oh que oui ! » acquiesce-t-elle dans un éclat de rire.

25

Le lundi suivant, Billie et Harry entament leur dernière semaine de classe.

Adrien a déjà filé au collège pour son premier cours de la journée. Les jumeaux, eux, sont partis seuls à l'école, située à quelques centaines de mètres de chez eux. Léa n'est jamais vraiment rassurée quand ils se déplacent sans elle, mais ses enfants insistent de plus en plus pour avoir davantage d'autonomie : « On est deux, on se protège, maman, t'inquiète ! » Et elle sait qu'elle va devoir peu à peu lâcher du lest.

Les vacances d'été se profilent enfin, elle a tellement hâte. Cette année, ils visiteront ensemble Amsterdam et ses alentours. Billie et Harry sont désormais bien assez grands pour parcourir de part en part cette capitale que leurs parents adorent. Ils ont loué un petit appart à côté du jardin botanique, le quartier préféré d'Adrien. Il a prévu de tester tous les *food courts* ouverts depuis leur dernière venue en amoureux, six ans auparavant. Léa, quant à elle, se réjouit d'avance de traîner au bord des canaux – sous un peu de soleil si possible –, de bouquiner et de faire du vélo.

Le lundi matin, parfois, Léa reste travailler chez elle. C'est son luxe personnel, de pouvoir commencer sa semaine en douceur. Elle se sert un café serré, s'assoit, jambes allongées sur son canapé, une tasse à la main, et regarde son jardin à travers la baie vitrée. Elle pense à ce qu'elle doit faire aujourd'hui et, plus largement, cette semaine pour boucler ses projets en cours avant leur départ. Par peur d'oublier, elle attrape son téléphone pour tout noter.

Elle aperçoit un SMS de sa mère qui lui propose de passer la voir avant de se rendre au bureau. Contrairement à sa fille, Anne adore les lundis et est toujours sur le pont de bonne heure et de très bonne humeur. Elle travaille uniquement les lundis et les mardis matin désormais, ce qui lui permet de structurer sa semaine et de ne pas se morfondre à ne rien faire chez elle. C'est assez ironique car, les autres jours, son planning n'est pas plus tranquille, puisqu'elle jongle entre un cours de marche nordique et un autre de salsa, une session de belote avec ses copines et quelques heures de bénévolat dans une association de soutien scolaire.

En résumé, sa mère ne tient pas en place. Et, pour cela, Léa l'a toujours admirée et enviée – elle qui est carrément un diesel pour tout, dans la vie.

À peine a-t-elle répondu à Anne qu'elle entend sonner à la porte. *A priori*, son message était plus informatif qu'interrogatif.

Léa ouvre à sa mère.

« Coucou, ma chérie ! Comment tu vas, ce matin ? »

Et elle lui claque deux grosses bises appuyées sur ses joues.

« Très bien, maman, je vois que toi aussi ! Un café court avec un peu de sucre ? »

Sa mère acquiesce d'un clin d'œil.

Léa se tourne vers la machine à café, l'enclenche, sort deux tasses et le sucre roux. Elle regarde sa mère se délester de sa veste et de son sac sur la table du salon, s'asseoir, lui raconter son week-end, donner un avis sur les plantes de son jardin, lui conseiller de tailler un peu à l'automne le lilas des Indes car, de toute façon, cet été, il ne fleurira pas.

Le monologue de sa mère bourdonne dans sa tête. Il y a encore quelques minutes, Léa était dans le calme tranquille de sa matinée, et là, d'un coup, la voix joyeuse de sa mère remplit tout l'espace. Mais ce n'est pas si mal ; elle sait que sa venue lui donnera aussi de l'énergie pour bien commencer sa journée.

Elle dresse les deux tasses, une cuillère et le sucre sur un petit plateau qu'elle pose sur la table basse et s'installe face à Anne.

« Alors, c'est bientôt le départ pour les Pays-Bas ? Vous partez quand, déjà ?

— Jeudi de la semaine prochaine, j'ai hâte ! »

Léa continue en détaillant leur programme et en montrant des photos du logement qu'ils ont loué.

Soudain, son téléphone sonne. Numéro inconnu. Probablement un spam, ou un vendeur de fenêtres. Et si c'était l'infirmière scolaire ? Ou un nouveau client ?

Léa hésite, laisse filer les deux premières sonneries, puis décroche, au dernier moment.

« Madame Léa Marlant ?

— Oui.

— Bonjour madame, je suis la collaboratrice de maître Lambert, la notaire de votre mère. Je vous appelle à la suite de son décès survenu lundi dernier, afin d'organiser un rendez-vous pour sa succession. Je me permets également de vous adresser toutes mes condoléances.

— Excusez-moi, il doit y avoir une erreur, ma mère n'est pas morte. »

Anne, qui buvait tranquillement son café, se fige.

« Vous êtes bien Léa, Simone, Gisèle Marlant, née le 15 septembre 1978 à Lille ?

— Oui, tout à fait.

— Eh bien, c'est vous que Jeanne Remay a inscrite sur son testament.

— Comment ça, Jeanne Remay ? Ma mère s'appelle Anne, Anne Marlant. »

Léa jette un coup d'œil à sa mère : celle-ci a perdu toutes ses couleurs.

Soudain, une vague indéfinissable la traverse, un effroi la brûle.

« J'ai entre les mains le testament de Jeanne Remay, qui précise être votre mère biologique. Souhaitez-vous que je vous envoie toutes ces informations par mail ?

— Je ne comprends rien du tout. Puis-je vous rappeler dans quelques minutes ?

— Certainement, madame. Je suis navrée, je vous dérange sans doute. Prenez votre temps. Vous pouvez me rappeler au numéro qui a dû s'afficher sur l'écran de votre téléphone. J'attends de vos… »

Léa a déjà raccroché.

Le silence dans la pièce est total ; la scène semble s'être figée dans le temps.

Les cafés finissent de refroidir dans les tasses. Léa fixe son regard sur les minuscules grains de sucre ambrés qui parsèment le plateau. Ses oreilles sifflent, les battements de son cœur résonnent bruyamment dans sa tête.

Elle se lève lentement tout en scrutant sa mère, désormais livide :

« Tu m'expliques ? »

Seconde partie

Octobre 2022
Cinq ans plus tard

26

Il y a deux semaines, Léa a eu quarante-quatre ans.

Dans sa tête, elle ne sent pas les années qui passent.

Pourtant, elle remarque ses quelques cheveux blancs, ses fines rides au coin des yeux ; elle observe son amoureux désormais contraint de chausser ses lunettes pour lire le menu au restaurant. Elle se rend compte qu'elle ne peut plus rester aussi longtemps qu'avant courbée sur sa table de travail à découper et à plier des petits papiers. Terminé les nuits blanches au bureau. Son corps lui dit qu'elle vieillit.

Ses jumeaux aussi, d'ailleurs. Les enfants sont un très bon baromètre du temps qui file. Même quand on ne se voit pas vieillir, ils nous rappellent chaque année à quel point le temps, lui, ne ralentit jamais. Hier, ils disaient encore « fourgette » ou « queu même », et aujourd'hui ils disent : « Tu saoules. »

D'un coup, comme ça, en un claquement de doigts.

Ils sont nés hier ; aujourd'hui, seize ans ont passé.

Parfois, Léa se surprend à ne pas reconnaître les adolescents qui vivent à côté d'elle. Des presque adultes, des êtres humains à part entière qu'elle ne se souvient pas d'avoir élevés.

Élevés, portés, bercés, cajolés, consolés tant de fois. Et, ce matin, lorsqu'elle a caressé le bras de Billie pour lui souhaiter une bonne journée, elle a senti chez sa fille un léger mouvement de recul. Oh, pas un rejet, non, quelque chose de quasi imperceptible, une distance qui s'installe, aussi ténue soit-elle.

C'est normal, c'est dans l'ordre des choses, ses jumeaux doivent se détacher d'elle. On ne fait pas des enfants pour les garder auprès de soi, mais pour qu'ils partent un jour, avec les meilleurs bagages, les plus légers possible.

En tout cas, Léa aimerait que les valises de Billie et de Harry soient moins lourdes que les siennes. Que celles qu'ils se trimballeront ne plomberont pas leur vie d'adulte.

Elle sait qu'ils en porteront, elle a beau essayer de les alléger, c'est inévitable, elle va rater quelque part. Comme tous les parents.

Harry attend sa sœur pour se rendre au lycée. Ce qui ne change pas, c'est qu'ils sont toujours inséparables. Billie enroule une longue écharpe sur son manteau d'hiver. Puis tous deux enfilent d'un geste de l'épaule les bretelles de leurs sacs à dos. Ces derniers ne contiennent que des cahiers, des livres et des trousses remplies de crayons : aucune trace de culpabilité maternelle à l'intérieur.

Pour autant, Léa les regarde partir, pensive et inquiète, une main sous son menton et l'autre autour d'une grande tasse de café qui refroidit.

Depuis quelques années, le sujet de la famille la travaille et reste souvent en arrière-plan dans son esprit. Depuis cinq ans. Depuis que son père lui a avoué « quelque chose » dans une chambre froide d'hôpital.

Elle aimerait en parler avec ses enfants, leur raconter, avoir leur avis. Mais elle a peur que ses confidences pèsent sur leur vie à eux.

Léa sait bien à quel point l'histoire de ses parents la bouscule depuis cinq ans, à quel point tout a été remis en perspective. Elle ne voudrait pas trop chambouler ses jumeaux.

Ils ont le bac de français à la fin de l'année.

27

De peur que Billie et Harry ne souffrent trop, Léa a fait bonne figure.

Elle ne voulait pas – comme on dit – laver son linge sale en famille. Elle préfère tout laisser pourrir dans le panier à linge : sa machine à digérer les secrets de famille est en panne. Alors elle s'est tue. Mais elle n'a pas pu faire complètement semblant.

Cinq ans, maintenant, qu'elle n'a plus parlé ni à sa mère ni à son père. Bien sûr, elle les voit toujours, seulement avec Adrien et les enfants, pour les anniversaires, les Noëls, les rassemblements obligatoires. Elle sourit, elle dit des banalités, répond « très bien, merci » quand on lui demande comment elle va, prend des nouvelles du quartier, des jardins, des amis.

Mais elle ne leur parle plus vraiment ; ses parents n'ont à présent de parents que le nom. Elle ne souhaite plus qu'ils fassent réellement partie de sa vie. Elle les a bannis de son intimité.

Plus de déjeuner ou de café du lundi avec sa mère. Plus de virée à la jardinerie avec son père. Ils ne passent plus à l'improviste à son atelier.

Dorénavant, il y a ce « quelque chose » entre eux, qui a pris une place trop énorme pour être ignorée.

Ils ont bien essayé, eux, de s'expliquer. Ils l'ont appelée, chacun de leur côté, lui ont envoyé des dizaines de messages ; même son père lui a écrit de longs e-mails. Léa les a aperçus, mais ne les a pas lus. Elle a également laissé sonner son téléphone dans le vide et n'a pas répondu aux SMS. Peu à peu, ils se sont découragés et ont cessé, malgré eux, de la solliciter. Elle a soigneusement évité toute explication. Elle ne souhaite à présent plus que le silence.

Elle a vécu près de trente-neuf ans avec la famille Tout-le-monde, et tout s'est fracassé en l'espace de quelques semaines.

Désormais, elle privilégie les mensonges au récit de la trahison et préfère vivre avec les débris de leurs secrets éclatés plutôt qu'avec la vérité. Il est encore trop tôt pour faire le ménage.

Elle a peur d'avoir trop mal. Encore plus.

Debout, sa tasse dans la main, Léa se remémore les mots de sa mère, ce lundi-là.

28

Cinq ans plus tôt

« J'ai dit à ton père qu'il aurait dû tout t'avouer à l'hôpital, je suis désolée, ma chérie. Quand il m'a affirmé “j'ai tout dit à Léa”, je pensais réellement qu'il t'avait tout dit. Mais il n'en a pas eu le courage. »

Léa se tourne vers la baie vitrée, choisissant de regarder ses plantes plutôt que sa mère, dont le visage est inondé de larmes. Elle ne veut pas faillir, elle veut rester forte, ne pas céder.

« C'est compliqué, continue Anne. J'aurais préféré que ton père soit là pour t'expliquer aussi : c'est Jeanne qui est tombée enceinte la première, mais elle ne voulait pas d'enfant, donc elle nous a proposé de le garder et de l'élever nous-mêmes. Moi, je ne rêvais que de ça et… Tu sais, je t'ai aimée dès que je t'ai vue, tu es ma fille adorée. Je t'aime de tout mon cœur, ma chérie, vraiment !

— Je ne comprends pas. Pourquoi ne m'avouer la vérité qu'à demi ? lui répond Léa en se retournant d'un geste vers elle, les bras croisés, le regard sombre.

— Ton père n'a pas réussi à tout te dire.

— Oui, c'est sûr, il ne m'a pas tout dit du tout, DU TOUT ! » éclate Léa, brutalement en colère, en levant les bras au ciel comme pour souligner ses propos.

Énervée, elle fait retomber dans un claquement ses mains sur ses cuisses, balance sa tête de gauche à droite comme si elle cherchait une explication, et poursuit :

« Je n'en reviens pas, je ne comprends pas… Comment avez-vous pu me cacher un tel secret, ma vie entière ?

— Ne t'énerve pas, ma chérie. Ne t'inquiète pas, on va tout t'expliquer, je te promets !

— Je ne veux plus rien savoir de vous. Sors de chez moi, s'il te plaît, lui dit plus calmement Léa, tout en reculant d'un pas quand sa mère tente de s'approcher d'elle. J'ai besoin de réfléchir.

— Mais… »

Le bras d'Anne tendu vers sa fille reste figé dans le vide.

« S'il te plaît, maman, si je peux encore t'appeler comme ça. »

Léa fait un autre pas en arrière et, d'un geste, indique la sortie :

« Sors de chez moi. »

Les yeux humides de chagrin, Anne reprend ses affaires, se dirige vers l'entrée et, juste avant de franchir le seuil, se retourne vers Léa :

« Désolée pour tout ça, ma chérie, vraiment. Je suis tellement désolée. Je serai toujours là pour toi, je t'aime de tout mon cœur. Appelle-moi quand tu veux. Je suis là. »

Léa ne répond pas, baisse la tête, pivote vers la baie vitrée, dos à sa mère. Anne, doucement, referme la porte derrière elle.

Le silence emplit la pièce.

À trente-neuf ans, Léa a découvert que ses parents étaient des menteurs de la pire espèce.

29

Bien sûr, elle avait rappelé l'office notarial de Jeanne.

Mais elle n'avait rien voulu savoir de plus. Jeanne était morte, alors à quoi bon ? Sa vraie mère était partie, et sa fausse mère lui avait menti. N'avait-elle donc jamais eu de mère ?

Elle avait refusé le rendez-vous avec la notaire. De toute façon, son étude se trouvait quelque part dans les Cévennes, où Jeanne vivait apparemment à la fin de sa vie, et elle ne voyait pas l'intérêt de faire le déplacement. Elle ne s'en était surtout pas senti la force.

Adrien avait proposé de l'accompagner, de la soutenir, mais elle avait refusé. Il avait essayé de raccommoder le lien, tenté de renouer la relation entre Léa et ses parents, en vain. Il n'avait pas voulu ni juger les décisions de Léa ni voir ses beaux-parents sans elle. Il avait respecté le choix de son amoureuse et également pris ses distances.

« Mieux vaut une toute petite famille unie qu'une grande qui se plante des couteaux dans le dos », lui avait dit Léa un soir.

Il avait acquiescé en silence. Et ils n'en avaient presque plus parlé.

La clerc de notaire l'avait néanmoins rappelée quelques jours plus tard pour l'informer que Jeanne Remay avait laissé pour elle un compte bancaire peu garni et une boîte avec quelques souvenirs. Elle avait souhaité la lui faire parvenir. Toujours incapable de dire non, Léa avait transmis son adresse lilloise. Mais, une fois le colis reçu, elle ne l'avait jamais ouvert.

Les souvenirs avec sa mère biologique, elle n'en avait eu aucun. Jeanne n'avait pas jugé bon de s'intéresser à elle, elle l'avait même abandonnée, alors pour quelle raison se serait-elle plongée dans cette boîte ?

Elle avait pris un grand carton dans lequel elle avait placé les photos d'elle enfant, des cartes postales et les courriers de ses parents. Un tas de mensonges figés sur le papier. Et puis elle y avait aussi enfermé le colis de Jeanne. Et elle avait porté le tout jusqu'au grenier.

Elle ne voulait pas que la douleur de cette histoire revienne, trop forte, en tombant sur un mot ou un cliché au détour d'un tiroir ou d'un cadre accroché dans un couloir.

Terminé de ressasser. Bye bye les larmes qui montent sans prévenir.

Qu'elle croyait.

Parce que faire table rase de tout ne signifie pas, pour autant, que les souvenirs et les émotions disparaissent. Elle ne peut pas empêcher son cerveau de se remémorer inlassablement les mêmes sensations et les mêmes discussions. Et le spleen est finalement devenu le lot presque quotidien de Léa, depuis cinq ans.

En se servant un café le matin ; en marchant dans la rue ; soudain, à la caisse du supermarché ; ou quand elle se posait, quelques minutes, pour admirer son jardin.

Elle porte désormais une certaine mélancolie au fond d'elle. Sa bonne humeur habituelle s'est fait la malle. Oh, elle sait mentir et n'est pas si mauvaise actrice : elle arrive, la plupart du temps, à duper son monde. Enfin, pour ceux qui ne la connaissent pas vraiment.

Un jour, son moral a été si bas que Lucie, son amie médecin, lui a proposé de reprendre des antidépresseurs. Dans son métier, se mettre en arrêt maladie est illusoire : c'est un vrai parcours du combattant de récupérer ses indemnités. Et surtout, pour les clients, si vous disparaissez quelques jours, voire quelques semaines, vous disparaissez tout court. Léa tient à ses papiers pliés, à ses couleurs et à ses projets. C'est ce qui la maintient debout – sa vraie réussite qu'elle ne doit qu'à elle-même. Elle n'a pas voulu s'arrêter, alors elle avale des cachets tous les matins. Du reste, sa petite entreprise a fleuri sur son marasme personnel : elle n'a jamais eu autant de commandes, d'idées folles à développer. Elle s'est d'ailleurs spécialisée dans les fleurs, qu'elle décline en bouquet, en mur végétal ou en compositions diverses. Chaque matin, elle se lève désormais un peu nauséeuse et triste mais, bien vite, revient l'élan joyeux de pouvoir développer son activité, qu'elle adore.

Elle est consciente que la solution de tout oublier et tourner le dos au passé et à sa famille ne fonctionne pas. Mais elle ne se sent pas la force d'en choisir une autre. Pour Léa, fermer sa gueule et pleurer en silence est la seule option.

Et quand elle remarque le regard d'Adrien posé sur elle, alors qu'elle est partie dans ses rêveries tristes, elle lui sourit, comme pour lui dire : « Tout va bien, ne t'en fais pas. »

30

Un couple, c'est comme un bateau. C'est bâti pour naviguer sur toutes sortes de mers, par tous les temps : une mer calme ou agitée, légèrement ridée ou fortement accidentée.

Le bateau d'Adrien et Léa s'est habitué à voguer sur des eaux paisibles. Peu de non-dits, beaucoup d'amour, d'émotions partagées, de goûts communs, de rires aux éclats, de grandes joies.

Mais le temps qui passe use. Ils sont tous les deux accaparés par le travail, par diverses occupations, et bien sûr par Billie et Harry ; autant d'excuses pour éviter de prendre soin d'eux.

Quant au « quelque chose », cinq ans plus tôt, ils en avaient discuté, au début, mais Léa garde désormais ses pensées pour elle, par peur de ressasser et parce qu'elle se sent, aussi, souvent incapable de poser des mots sur son mal-être.

Elle se dit que c'est son problème, son histoire, qu'ils sont plus forts que tout, que leur relation est immuable, comme un phare à l'horizon au cœur du marasme de ses émotions.

La tristesse de Léa, son goût pour rien, ses humeurs vacillantes ont pris de plus en plus de place. Et le « quelque chose » est devenu un sujet tabou.

Un jour, Léa a voulu lui en parler. Elle rentrait d'un rendez-vous chez sa psy, où elle avait compris combien elle s'enfermait dans cette dépression joyeuse. Mais quand elle avait prononcé le mot de « dépression », elle avait vu le comportement d'Adrien changer. C'est un mot qui effraie, une maladie de la tête et des sentiments si mal comprise et admise qu'Adrien n'avait pas su la gérer. Il avait préféré se taire. Peut-être que, en ignorant la neurasthénie de son amoureuse, elle s'évaporerait.

Et alors, très vite, le couple s'est abîmé ; le bonheur parfait est devenu une vitrine plutôt qu'une réalité.

Après, c'était sans doute inéluctable. Qui s'aime pendant vingt ans sans aucun nuage, sans une seule épreuve à traverser, sans aigreur, sans un peu de ressentiment ? Personne.

Il suffirait de tirer sur le fil des reproches, de parler à cœur ouvert. Ils savaient faire, avant.

Avant, Adrien écoutait, accompagnait, soulageait. Maintenant, il s'inquiète sans rien dire ; il fuit le mal-être de sa femme. Il n'ose plus intervenir dans les décisions de Léa, ni lui proposer des solutions.

Avant, Léa parlait, parlait, parlait. Adrien était son meilleur allié pour l'aider à décortiquer ses erreurs et ses doutes.

Désormais, Léa et Adrien, depuis cinq ans, préfèrent tout mettre sous le tapis lourd et usé de leur couple.

Léa se sent de nouveau si seule, parfois.

Elle a tellement peur de le perdre, lui aussi, que ça la paralyse.

Ses parents l'ont trahie, ses enfants grandissent, son amoureux s'éloigne, ses amies ont leurs vies à vivre. Sur qui peut-elle vraiment compter ? Y a-t-il des personnes sur cette Terre qui l'aimeront toujours inconditionnellement ?

La nuit, souvent, elle tend son bras et prend la main d'Adrien sous les draps, sans un mot, comme pour lui dire : « Ne m'en veux pas, je ne sais pas comment faire, reste là. »

Et, en silence, il serre sa main dans la sienne.

31

Ce week-end, Léa et Adrien vont à Bruxelles. C'est le cadeau d'anniversaire de Léa, offert par tous ses amis : un peu de temps loin de la maison, avec son amoureux. Les jumeaux sont désormais assez grands pour rester seuls une nuit ; ils inviteront même un copain à dormir. Ils ont prévu de regarder une série avec une ou deux pizzas. Une soirée calme, pas de grosse fête – Léa n'est pas encore prête pour ça.

C'est l'automne, déjà, mais ces premiers jours d'octobre sont particulièrement lumineux et doux. Un week-end délicieux se profile, avec des balades, une expo, des boutiques de déco, des cafés, un bon dîner au resto. Les moments préférés de Léa : sortir du quotidien et kiffer des moments tout simples.

Voilà de quoi redonner un peu de joie dans leur couple, passer du temps à deux, et permettre à Léa d'éloigner ses pensées mélancoliques. Se retrouver, enfin.

Main dans la main, ce samedi est parfaitement enveloppant. Pas une goutte de pluie. Le dérèglement climatique leur a même offert une petite terrasse en début d'après-midi pour un café au soleil.

Le soir, ils se retrouvent dans leur chambre d'hôtel. Dans le silence ouaté de la pièce, Adrien déshabille tout doucement Léa. Ils sont si heureux de cette parenthèse, loin de leurs soucis. Leur désir est si fort qu'ils s'embrassent avec une fougue nouvelle.

Soudain, Adrien s'arrête, sa main posée sur le sein de Léa. Surpris, il le presse une fois de plus, le tâte même, comme on choisit un melon sur l'étal d'un marché. Léa ouvre les yeux, étonnée.

« Qu'est-ce que tu fabriques ?

— C'est bizarre, tu as une sorte de boule au sein. Tu as senti ?

— Non. »

Léa palpe son sein droit. Il est chaud et, en effet, un gonflement est nettement perceptible sur le côté. Une grosseur de trois ou quatre centimètres.

Adrien allume une lampe pour l'examiner. L'atmosphère change brusquement. L'ambiance feutrée et sensuelle laisse place à celle, froide et crue, de la peur.

« Tu crois que c'est grave ?

— Je ne sais pas, je n'y connais rien. Ça te fait mal ?

— Un peu quand je touche, c'est surtout chaud. En m'habillant hier, j'ai senti une douleur légère, mais je pensais que c'étaient des courbatures de mon cours de sport de mercredi. C'est fou, c'est arrivé très vite…

— Si c'est soudain, ce n'est sans doute rien de grave, non ? Peut-être que tu as pris un coup ?

— Des coups au cœur, j'en ai pris pas mal, dit-elle dans un demi-sourire. Mais oui, tu as raison, ce n'est probablement rien de grave. Ça ne va pas gâcher notre week-end.

— T'inquiète, rien n'est gâché, lui répond-il en l'enlaçant. Tu veux que j'aille nous chercher quelque chose de fort au bar de l'hôtel ?

— Super idée ! Je t'accompagne. »

Ils se rhabillent en silence et quittent la chambre. En marchant dans les longs couloirs capitonnés, et malgré l'heure tardive, Léa ne résiste pas :

« Je vais quand même écrire un message à Lucie. Elle ne le lira sans doute que demain, mais ça me rassurera.

— D'accord. »

À ce moment précis, elle est heureuse de compter un médecin dans ses amies proches.

« Coucou Lucie, désolée de te déranger si tard un samedi. J'espère que toi et Isa allez bien ! Je suis avec Adrien à Bruxelles pour le week-end, tu sais, et je viens de découvrir une boule à mon sein droit, qui dégage de la chaleur. C'est légèrement douloureux au toucher. Crois-tu que ce soit grave ? On s'inquiète sûrement pour rien ! Redis-moi quand tu peux, pas d'urgence ! Bisous. »

Envoyé. Tout à coup, Léa se sent plus légère, comme si elle avait mis ce problème à distance d'elle, de leur week-end en amoureux.

Elle boit tranquillement son gin tonic glacé, les yeux dans les yeux avec Adrien qui, lui, son Negroni dans la main, la contemple.

L'alcool aidant, ils se reconnectent à leur désir et, à peine leurs verres terminés, regagnent leur chambre.

D'un regard, ils se sont dit qu'ils aimeraient terminer ce qu'ils avaient commencé une heure auparavant.

32

Le lendemain matin, Léa reçoit une réponse de Lucie, alors qu'ils sont dans la grande salle du petit déjeuner. Elle venait de se servir une belle assiette de tout ce que l'hôtel proposait de délicieux : un pain aux graines, quelques crêpes – oh, une mini-gaufre ! Des œufs brouillés à la perfection, un comté sublime, du beurre salé comme elle aime.

« Coucou Léa ! Désolée, je te réponds tard, j'étais au ciné hier avec Isa, et j'ai zappé de rallumer mon téléphone avant de me coucher. Est-ce que je peux t'appeler pour en discuter avec toi ? Ce sera plus simple. Bisous, bisous ! »

Elle trouve son message pas rassurant du tout.

S'il n'y a rien de grave, on peut l'écrire, tout simplement. En une ou deux phrases, on dit : « T'inquiète, ce n'est pas grave du tout, passe un bon dimanche, bisous. » Quand c'est plus ennuyeux, on propose de s'appeler, parce qu'on pourra mieux dire les choses, et que l'on pourra expliquer, détailler. Et s'il faut expliquer, c'est que c'est compliqué.

Désormais, Léa n'a plus faim. Elle repousse son assiette vers Adrien après avoir grignoté un petit bout de comté. Elle le regarde et lui tend son téléphone.

« Tiens, lis la réponse de Lucie. Je vais nous chercher du café. »

De retour avec deux tasses de cappuccino fumantes, elle sonde son amoureux :

« Tu en penses quoi ? Si elle évite de me répondre directement par SMS, c'est que ce n'est pas bon, non ?

— T'inquiète, c'est juste qu'elle préfère te parler, que c'est moins froid. Et puis Lucie n'aime pas les messages écrits, tu sais bien, c'est elle qui fait le plus de vocaux dans le groupe des voisins ! »

Rien qu'à l'observer, Léa sait qu'Adrien ne semble pas vraiment convaincu lui-même.

« Mouais. Je vais l'appeler quand on sera de retour dans la chambre, on sera plus tranquilles.

— OK. Essaie de manger un peu, les œufs brouillés sont délicieux ! »

Léa attrape sa fourchette, qu'elle plante dans les œufs. C'est délicieux, en effet, mais elle s'en fout. Elle mange parce que ce serait dommage de gâcher un si bon petit déjeuner facturé aussi cher.

« Lucie ? C'est Léa, ça va ?

— Coucou ! Oui, ça va ! Merci de m'appeler.

— Merci de m'avoir répondu ! Je t'avoue, ça m'a un peu inquiétée, ton message…

— Oh non, pas de souci ! Enfin, je veux dire, je préfère te parler plutôt que d'expliquer par écrit, pour justement pas que tu t'inquiètes, que ce soit plus fluide !

— OK.

— Bon. Comme tu le sais je suppose, dès qu'il y a quelque chose de bizarre sur un sein, on ne prend rien à la légère. Ce n'est probablement qu'un kyste. À moins que tu n'aies reçu un choc récemment ? Ou que tu sois tombée ?

— J'ai porté des poids de deux et six kilos mercredi soir au cours de sport, c'est peut-être ça ?

— C'était la première fois que tu les portais ?

— Non.

— Alors peut-être, peut-être pas, ça dépend des mouvements que tu as effectués, et je ne peux pas examiner ton sein tout de suite. En tout cas, il faut que tu fasses une mammographie.

— Ah bon, direct, comme ça ?

— Oui, ce serait sur la jambe ou le bras, ce serait différent. Mais, sur le sein, on prévoit toujours un minimum d'examens. Je vais te préparer une ordonnance.

— J'en ai déjà une. J'ai vu ma gynéco fin août, et elle m'en a donné une pour mes quarante-cinq ans, à caler dans l'année.

— Très bien. Tu appelles demain le centre de radiologie et tu demandes un rendez-vous dès que possible, tu expliques que tu as une grosseur au sein. Envoie aussi un mail à ta gynéco pour la prévenir, pour qu'elle puisse surveiller les résultats.

— D'accord, murmure Léa, la voix blanche.

— Ne t'inquiète pas. Essaie de ne pas y penser, si tu peux, OK ? Je sais que ce n'est pas facile, mais ce n'est sans doute vraiment rien. Une boule qui apparaît soudainement, et avec des douleurs en plus, ça semble quelque chose de plutôt bénin. Passe à la maison ce soir en rentrant pour que je regarde, si tu veux, mais, surtout, profite de ta journée. Pro-fi-te ! Vous n'en avez pas souvent, des week-ends comme ça, alors il ne faut pas le gâcher !

— Merci, Lucie. Promis, je vais essayer. »

Léa est un chouia rassurée. Déjà, elle a des choses concrètes à faire, comme prendre un rendez-vous, et ça, c'est bien, elle va pouvoir être dans l'action. Et puis Lucie, qui est quand même médecin, lui a précisé que c'était « sans doute » bénin. Sans doute, ça veut dire qu'il n'y a pas de doute, non ?

Elle décide de se raccrocher à ça et saisit le bras d'Adrien, assis tout à côté d'elle sur le grand lit de leur chambre d'hôtel.

« Bon, on essaie d'oublier, et on va kiffer notre journée belge ?

— Avec grand plaisir ! » s'exclame Adrien en se levant d'un bond.

33

Les lundis, c'est pourri. Quel beau slogan !

Il est 8 h 46, tout le monde est parti. Billie et Harry au lycée, Adrien au collège, pour préparer le voyage en Italie qu'il organise avec son collègue de latin, début décembre prochain.

Ils n'ont parlé de rien aux enfants, alors Adrien a discrètement articulé en silence, en mimant un téléphone avec ses doigts, quand ils quittaient la maison tous les trois : « Tu m'appelles quand tu en sais plus ? »

Léa est assise dans la cuisine, une tasse de café froid devant elle, son chat passe et repasse, réclamant des caresses. Elle essaie de le contenter distraitement, tout en fixant les aiguilles de l'horloge face à elle qui avancent beaucoup trop lentement.

Le standard du centre de radiologie ouvre à 9 heures.

9 h 01, elle appelle. Une fois passé les messages automatiques d'introduction, une personne lui répond :

« Centre d'imagerie médicale du Grand-Lille, bonjour ?

— Oui, bonjour, madame, excusez-moi de vous déranger, je vous appelle parce que j'ai découvert une boule sur mon sein droit, elle est assez grosse. Je suis plutôt inquiète, est-ce que vous auriez un créneau rapide pour une mammographie à me proposer ?

— Je regarde, patientez quelques instants.

— Merci beaucoup.

— J'ai demain à 10 h 15 au centre d'imagerie de La Louvière.

— Oh ! C'est parfait.

— Très bien, je vais avoir besoin de vos nom, prénom et date de naissance, s'il vous plaît, pour bloquer le créneau. Avez-vous une ordonnance ? »

Léa pensait que ce serait le parcours du combattant pour avoir un rendez-vous ; elle était loin d'imaginer qu'il serait fixé dès le lendemain. Tout va très vite, mais ce qui devrait la rassurer l'angoisse encore plus : si elle a déjà un rendez-vous, c'est que ce doit être sérieux.

Lucie la tranquillise quelques minutes plus tard dans un vocal :

« Tu sais, pour ce genre de cas, comme une grosseur au sein, ils gardent des créneaux d'urgence tous les jours. C'est complètement normal, parce qu'on veut éviter de laisser traîner les choses. Vraiment, ne t'inquiète pas. On se tient au courant, bonne journée, bisous ! »

Par message, elle a également prévenu Adrien qui, en substance, lui tient des propos similaires.

Alors elle décide que, finalement, ce lundi sera joyeux : elle prend sa journée. Pas de travail, pas de compta, pas d'e-mails, pas de coups de fil. Juste des trucs chouettes pour arrêter de penser et profiter. Elle enfile un manteau et enroule une écharpe autour de son cou ; elle va aller dire bonjour à son chêne, au jardin des Sarrazins. Puis elle ira au cinéma, voir s'il y a une séance sympa à venir, avant de s'autoriser un déjeuner tardif dans le coffee-shop qu'elle aime tant, qui prépare des tartines à la confiture et des scones à tomber. Elle ne mangera que du sucré si elle en a envie. Ces journées qu'on s'offre comme ça, rien que pour soi, elles ont le goût de l'enfance et de tout ce qui est interdit.

Les lundis, ce n'est parfois pas si pourri.

34

Mardi, 10 heures, Léa gare son vélo devant le centre de radiologie.

À l'entrée, elle se retrouve face à une grande machine rectangulaire qui lui demande d'inscrire ses nom, prénom et de scanner sa carte vitale. En retour, la machine lui confirme son rendez-vous et imprime un petit papier qui lui donne la couleur de sa salle d'attente et son numéro de patiente : salle d'attente rose, numéro C106.

« Installez-vous dans la salle d'attente indiquée, nous allons vous prendre en charge » est-il précisé sur le ticket.

Au sol, différentes lignes peintes comme un jeu de piste. Léa emprunte le tracé rose, pour rejoindre finalement l'autre côté de l'accueil, dans une pièce pas rose pour un sou.

Elle attend, sourit aux personnes qui vont et viennent. Tout est calme et tranquille, malgré l'affluence.

Au bout d'une dizaine de minutes, une infirmière tout de rose vêtue appelle son numéro de patiente. Peut-être que c'était pour ça, la salle d'attente rose. Elle la suit et pénètre dans une pièce plongée dans la pénombre. L'infirmière lui désigne un coin derrière un paravent :

« Vous pouvez vous déshabiller ici, juste votre haut et votre soutien-gorge. Et poser vos affaires sur ce siège. Je suis à vous dans deux minutes. »

Enfin, Léa se retrouve face à la grosse machine de la mammographie. L'infirmière a des gestes doux et rassurants. Elle lui explique que ce sera un peu froid, mais que ça ne fera pas mal. Elle presse son sein gauche contre deux grandes plaques de verre, puis son sein droit. Ça ne dure que quelques minutes, ce n'est pas grand-chose. Léa s'en était fait toute une montagne. Ce n'est pas agréable, certes, mais ce n'est pas douloureux. Une fois l'examen terminé, alors que Léa se dirige vers ses vêtements, l'infirmière l'arrête :

« Pas besoin de vous rhabiller tout de suite : je vous emmène dans la salle d'à côté pour l'échographie. Un médecin va venir vous examiner.

— Ah bon ? C'est normal ? Il y a un problème ?

— Non, ne vous inquiétez pas, c'est normal de faire une échographie après une première mammographie. C'est bien votre première mammo ?

— Oui.

— Voilà ! Allongez-vous ici, lui dit-elle en ouvrant la porte de la salle d'échographie. Le docteur Desvos ne va pas tarder. »

Léa pose ses affaires sur un autre siège et s'allonge sur la table d'examen que l'infirmière a recouverte d'un long papier de protection d'une main experte.

Elle a froid, le papier est inconfortable ; elle tremble même un peu.

Le docteur entre, s'excuse de l'avoir fait attendre dans un sourire franc et joyeux :

« Ça s'est bien passé, votre mammographie ?

— Oui ! Enfin, c'était ma première, je n'ai pas vraiment d'expérience sur le sujet.

— Parfait ! On va faire une échographie de contrôle, car parfois on ne voit pas tout à la mammo. Enfin, sur les images, il n'y a rien d'inquiétant, en tout cas.

— Tant mieux, parce que je m'inquiétais de ma boule au sein droit. C'est rassurant si vous n'avez rien constaté de grave !

— Une boule au sein ?

— Oui, regardez, ici, lui répond Léa en indiquant le gonflement qui lui semble avoir encore grossi depuis samedi dernier.

— Ah oui, en effet, on ne la devine pas du tout à la mammographie, je vais examiner ça. »

Il tartine sa peau d'un produit gélatineux et extrêmement froid, puis pose son appareil sur son sein. D'abord, le gauche, puis le droit. Un long silence s'écoule. Léa déteste le silence. Elle n'a qu'une envie, celle de le briser.

« Toujours rien de grave ?

— Il y a un nodule à droite qui est assez gros, en effet. Je compte deux centimètres environ. Mais je n'arrive pas à définir exactement ce que c'est. Et à gauche aussi, vous avez quelque chose. Ça m'inquiète moins de ce côté, en revanche.

— Parce que, à droite, ça vous inquiète ?

— Disons qu'il faudrait pousser les examens, faire une biopsie et une IRM, à ce stade.

— Ah bon ? Tout ça ?

— Oui, c'est normal. On ne peut pas laisser ces interrogations sans réponse. On va devoir creuser, pour se rassurer complètement.

— L'IRM, c'est un examen qui m'a toujours angoissée… Le fait d'être enfermée dans une boîte sans bouger.

— Pour une IRM mammaire, vous êtes placée sur le ventre, donc vous ne voyez pas le caisson, et puis vous pouvez fermer les yeux. »

Ah bah oui, fermer les yeux, quelle bonne idée… Fermer les yeux sur cette journée, ce ne serait pas mal aussi.

« Bon, j'ai tout ce qu'il me faut pour mon compte rendu. Votre gynécologue vous appellera pour interpréter les résultats et vous donner plus d'explications. Je vais vous accompagner à l'accueil pour que vous fixiez vos autres rendez-vous – la biopsie surtout, c'est le plus urgent.

— D'accord. Merci beaucoup. »

Léa se relève, s'essuie les seins, encore recouverts du gel gluant, avec le papier absorbant que lui tend le médecin. Elle se rhabille rapidement.

« Mais c'est inquiétant, inquiétant ? Vraiment inquiétant ?

— Vous savez, on préfère toujours s'inquiéter trop que pas assez. Dans votre cas, on a besoin de chercher plus loin. Suivez-moi, je vous ramène à l'accueil. Puis il la laisse là, en précisant bien à la secrétaire derrière son bureau de caler deux rendez-vous : la biopsie, pour prélever des morceaux des tissus du nodule, et ainsi définir véritablement sa nature ; et l'IRM, afin de repérer de façon plus précise la masse suspecte. Léa sourit à cette dame, qui semble très douce et sympathique. Elle se dit que c'est bien organisé, leur centre : à l'entrée, on est accueilli par une machine froide qui donne un ticket avec un numéro et, à la sortie, on a affaire à un vrai être humain chaleureux. C'est mieux pour quand « on va devoir creuser, pour se rassurer complètement ».

« Alors… je vais vous trouver ces deux rendez-vous. Vous n'êtes suivie par personne en particulier chez nous ?

— Non, c'est ma première mammographie. »

Un silence.

« Ça fait mal ?

— Quoi ? Une biopsie ? Non, ne vous inquiétez pas, et puis le médecin vous fera une piqûre d'anesthésie avant d'effectuer son prélèvement. Je vais vous imprimer une ordonnance, pour que vous puissiez vous procurer en pharmacie l'anesthésiant et le pansement. En revanche, je cherche, mais je n'ai aucun créneau avant la fin de la semaine prochaine. J'essaie de voir si j'ai mieux…

— Très bien.

— Non, vraiment, je n'ai rien avant le 13 octobre.

— OK, je note. Quelle heure ?

— 15 heures. »

Le médecin choisit ce moment pour passer de nouveau par le bureau de l'infirmière et lui demander :

« C'est bon ? Vous avez trouvé un rendez-vous ?

— Pour la biopsie, je n'ai rien avant le 13.

— C'est trop tard ! Il faut absolument que ce soit cette semaine, je suis sûr que c'est possible. »

Il jette un coup d'œil à l'écran.

« Le vendredi matin, le docteur Oréal a l'air disponible.

— Oui, mais c'est un créneau grisé. Je dois d'abord m'assurer auprès d'elle qu'elle est OK avant de le bloquer.

— Tant pis, je m'engage pour elle. Vous placez madame à 11 heures avec le docteur Oréal, et puis c'est tout, il faut qu'on fasse cette biopsie rapidement.

— Très bien, je note pour le vendredi 6 à 11 heures, alors.

— Oui, merci ! »

Et il se tourne vers Léa, en souriant :

« Et voilà, bonne journée à vous ! »

Léa ne comprend pas réellement son empressement, ou elle ne veut pas comprendre. C'est sans doute parce qu'il est vraiment serviable et engagé pour ses patients.

Alors elle lui sourit. Elle sourit à l'infirmière, qui lui demande sa carte vitale ; elle lui sourit aussi quand elle note ses deux rendez-vous sur un petit carton – l'IRM est programmée, elle, pour la fin du mois. Elle lui sourit toujours lorsqu'elle lui indique l'hôpital où elle devra aller le vendredi suivant pour la biopsie. Elle continue de sourire quand elle pousse la lourde porte du centre de radiologie, et elle sourit encore lorsqu'elle se retrouve dehors. À croire qu'elle sort d'un institut de beauté, après un massage « relaxation intense ».

Tout à coup, le froid mordant de l'automne lillois l'enveloppe ; elle enfile sa grosse écharpe et son manteau qu'elle tenait encore à la main avec son casque de vélo et tous les papiers que la secrétaire lui a donnés :

factures, rappel des rendez-vous, ordonnances et QR code pour aller consulter les résultats dans quelques heures – résultats qui seront également transmis à sa gynécologue et à Lucie, en qualité de médecin traitant.

Une fois couverte, premier réflexe : elle appelle Adrien.

Il ne décroche pas, il doit être en cours. Elle lui envoie un SMS, neutre, pas alarmiste, lui demandant de la joindre.

Elle appelle Lucie, mais elle ne répond pas. Elle doit être en consultation.

Elle appelle Audrey, en vain. À cette heure, elle est encore en classe.

Elle a toujours froid, même avec son écharpe et son manteau. Elle sourit, mais elle a froid. Frigorifiée par ce moment autant que par la température.

Sur la route du retour, sur son vélo, elle ne panique pas. De toute façon, pourquoi paniquer ? Il n'y a rien de grave, rien de sûr, juste quelque chose d'un peu inquiétant. « Quelque chose », encore et toujours.

Elle a appris pourtant que, dans son cas, « quelque chose », c'est rarement une bonne nouvelle.

35

Pour éviter de penser, elle est retournée travailler. En arrivant, elle croise Allie, mais elle ne s'arrête pas, comme elle en a l'habitude. Elle la salue de loin, en souriant quand même : si elle s'attarde, elle a peur de fondre en larmes. Alors elle marche vite, tête baissée, et ferme la porte de son bureau derrière elle. Elle ajuste son casque audio et lance un podcast dans ses oreilles – l'histoire d'une femme qui témoigne de son changement de vie. Elle a besoin de garder son cerveau occupé ; elle ne veut pas le laisser divaguer, réfléchir, imaginer le pire.

Elle se remet à son ouvrage : une dizaine de gros bouquets d'hydrangeas bleus, violets et roses, qu'elle disposera dans d'énormes vases en verre dépoli pour le vernissage d'une galerie d'art du Vieux-Lille, prévu à la fin du mois. Elle doit confectionner des centaines de pétales pour former de petites fleurs, ajouter des pistils clairs et, ensuite, les réunir en boules bicolores. Elle façonne les tiges avec de longs fils de fer qu'elle recouvre de Scotch vert de fleuriste. Pour finir, elle assemblera le tout avec une colle à prise rapide. Elle passe ainsi la fin de matinée et le début d'après-midi parmi des papiers bleu pervenche, bleu Tiffany, bleu azur, mauves, violets et rose antique.

Elle finalise son troisième bouquet quand le téléphone se met à sonner. Le numéro de son cabinet de gynécologie s'affiche sur l'écran. D'un coup, tout lui revient en mémoire.

« Allô ?

— Oui, madame Marlant, c'est le secrétariat du docteur Durand. Je vous appelle parce que le docteur a eu les résultats de vos examens de ce matin et souhaite vous voir rapidement. Est-ce que vous seriez disponible ce soir à 18 h 30 ?

— Oui, je peux être disponible, mais pourquoi si vite ? Il y a quelque chose de grave ?

— Je n'ai aucune information en ce sens, ne vous inquiétez pas. Je note votre rendez-vous pour ce soir. Bon après-midi ! »

OK, là, Léa panique.

Elle appelle Adrien qui, cette fois, décroche tout de suite.

« Ma gynéco tient à me voir ce soir à 18 h 30, ça ne sent pas bon.

— C'est sûr, c'est rapide. Mais elle souhaite sans doute juste discuter avec toi de tes résultats.

— Justement, je te dis, ça ne sent pas bon. J'ai consulté le site, pourtant, mais je n'arrive pas à accéder à mes résultats.

— Tout va bien se passer. Tu veux que je vienne avec toi ?

— Non, reste avec les enfants, c'est mieux. On n'a qu'à prétexter que je vais prendre un verre avec Allie et les collègues du coworking en ville, et que je ne rentrerai pas tard. Ça ne va pas durer longtemps. Je préfère qu'on ne leur en parle pas pour le moment, on attend encore un peu. »

Léa arrive à l'heure au rendez-vous.

Elle semble la dernière consultation de la journée ; elle suppose que sa gynéco a pris du temps sur sa soirée pour lui parler. C'est loin de la rassurer.

Le docteur Durand sourit à Léa quand elle vient la chercher dans la salle d'attente ; immédiatement, elle se sent apaisée. Elle adore sa gynécologue. C'est assez rare pour le préciser. Elle l'a beaucoup aidée et soutenue pendant sa grossesse, n'a jamais hésité à la garder trois quarts d'heure dans son cabinet lorsqu'elle allait mal, juste pour parler. Elle a le goût de l'automne, d'un plaid et du chocolat chaud. Même quand Léa s'y rend pour un frottis.

« Comment allez-vous ?

— Ça va super, pas mal de boulot en ce moment, mais ça va.

— J'ai vu la vitrine de la parfumerie de la rue de la Clef, c'est vraiment magnifique ce que vous faites, et surtout le choix des couleurs est toujours parfait !

— Merci, c'est très gentil ! Cette vitrine, c'était un sacré boulot, mais je crois que les propriétaires étaient contents. Il faut d'ailleurs que j'y retourne pour prendre des photos de l'installation, je n'en ai pas pris une seule, finalement. C'est toujours pareil, je passe des heures sur un projet et, après, j'oublie d'en garder une trace ! »

Léa brode, elle meuble, elle remplit l'espace, elle parle comme un automate.

« Bon. J'ai eu les résultats de vos examens. »

Ah voilà, le cœur du sujet.

« Je suis vraiment désolée de vous le dire, mais il va falloir se préparer. »

Le sourire de Léa se fige. Et des larmes lui montent aux yeux.

« C'est un cancer ?

— On ne peut rien conclure pour le moment. Le rapport du docteur Desvos précise une lésion sur votre sein droit, classée ACR5. Ce classement en ACR5 indique qu'il s'agit d'une anomalie évocatrice de cancer du sein. On doit attendre les résultats de la biopsie, qui confirmeront ou non ce bilan, et ça peut prendre une semaine, voire dix jours.

— Dix jours !

— Oui, vous allez vivre le plus dur, ou presque, désormais : l'attente sans savoir. Quand on saura à quoi on a affaire, ce sera une angoisse différente ; on pourra être dans l'action, s'il faut l'être. Et on se battra, je serai là avec vous. Mais l'incertitude totale à laquelle vous êtes aujourd'hui confrontée est, d'expérience, assez compliquée à vivre. Vous avez quelque chose de prévu après la biopsie ? Pour vous changer les idées ?

— Je vais déjà essayer de digérer tout ça.

— Oui, bien sûr. Mais pensez-y. »

36

Debout devant son vélo, Léa interroge son téléphone : « Une lésion ACR5 correspond-elle à un cancer ? »

Elle trouve instantanément sur Internet un petit tableau dans l'onglet « images » et, sur la ligne ACR5, elle lit : « 95 % de risque de cancer du sein. »

Voilà. C'est un cancer.

Elle n'a jamais eu de chance au loto, ou à tous ces trucs. S'il y a quatre-vingt-quinze pour cent de risque que ce soit un cancer, c'est clair et net qu'elle ne sera jamais dans les cinq pour cent d'heureuses élues à s'en sortir sans une égratignure.

Voilà, elle va avoir un cancer.

Ça lui tombe dessus, comme ça. Quarante-quatre ans depuis quelques semaines, et un cancer du sein. Et bon anniversaire, Léa !

C'est sa faute. À force de ruminer, de se faire des nœuds au cerveau, au ventre, partout. De douter, d'aller mal, de tomber. Tout ce qu'elle a gardé à l'intérieur d'elle-même depuis cinq ans, ça a formé comme une boule de noirceur qui s'est logée dans son sein, peinarde. Elle aurait dû parler, crier, évacuer.

Elle ne voit pas d'autre explication.

Maintenant, elle regrette. Encore une fois, elle n'a pas voulu faire de vagues ; c'est elle qui, aujourd'hui, se prend un raz-de-marée en pleine tronche.

Elle envoie un SMS à Adrien : « Je rentre, c'est pas ouf. »

Pas neutre, pas trop alarmiste non plus.

Puis, alors qu'elle s'apprête à ranger son téléphone, elle sent une pulsion, un besoin vital de parler à quelqu'un. Elle fait défiler son répertoire, trouve le nom qu'elle cherche et clique sur « appel ».

« Maman… j'ai un cancer. »

37

Cinq ans qu'elle n'avait pas appelé sa mère ; elle avait privilégié jusqu'alors les messages laconiques. Il avait fallu ce compte rendu d'examen pour qu'elle ressente le besoin de lui parler. Comme quand elle était petite et qu'elle avait peur du noir, qu'E.T. se cache derrière sa porte ou qu'un monstre énorme soit planqué sous son lit.

En quelques heures, elle est redevenue une petite fille.

Elle a tout raconté : la grosseur, les doutes, le rendez-vous pris rapidement, les examens matinaux, l'appel du cabinet de gynécologie, et enfin les propos peu optimistes du docteur Durand. Le tout entrecoupé de gros sanglots.

Elle ignore si elle a tout compris, mais sa mère a saisi l'essentiel.

« À quelle date est prévue la biopsie ?

— Vendredi qui vient, à 11 heures.

— OK. Adrien sera là ?

— Je ne sais pas, je ne le lui ai pas encore demandé, mais il a cours le vendredi matin, se souvient-elle.

— Alors je viendrai te chercher, on ira ensemble, tu ne seras pas seule. Promis, je ne dirai rien si tu veux. Juste, je pense que c'est mieux que tu sois accompagnée.

— D'accord, d'accord. OK. »

Léa croyait que les malheurs, c'était pour les autres. Elle, elle a eu de la chance dans sa vie – les mensonges et les secrets mis à part.

Elle raccroche et se sent, d'un coup, soulagée.

Faux parents ou parents menteurs : il y a des moments comme ça où on a simplement besoin de ses parents tout court.

38

Au moment où Léa franchit le seuil de la maison, les éclats de voix qui lui parviennent l'informent qu'Adrien et les enfants ne sont pas seuls.

En effet, Lucie et Isabelle se lèvent du canapé où elles étaient assises pour l'accueillir :

« Ah, tu es rentrée ! lui dit Adrien, les bras chargés de verres.

— On s'est invitées pour l'apéro, j'espère que ça ne t'embête pas ?! l'interroge Lucie d'un ton faussement enjoué que Léa décèle directement. La journée a été longue au cabinet… Isa et moi, on s'est dit que ça faisait une paie qu'on n'avait pas bu un verre ensemble. »

En tant que médecin traitant, Lucie a reçu les résultats, elle aussi. Voilà pourquoi elles sont passées à l'improviste – ce que, dans les souvenirs de Léa, elles n'avaient encore jamais fait.

« Pas de problème, leur répond Léa. Avec plaisir. Je prendrai bien un verre, en effet, dit-elle en étreignant Adrien, qui ne cesse d'aller et venir entre la cuisine et le salon.

— Attends, je pose tout ça, et je te fais un vrai câlin. »

Une fois les verres disposés sur la table basse du salon, il se tourne de nouveau vers Léa et l'enlace doucement. Un silence lourd de sens met tout le monde sur pause.

« Les enfants ne sont pas là ?

— Ils sont dans leur chambre avec Lucas, explique Adrien, marchant vers le frigo, en quête d'une bouteille. Ils ont un gros exposé à préparer en histoire-géo pour la semaine prochaine. Je leur ai dit OK jusqu'à 20 heures, comme ils ne commencent qu'à 10 heures demain matin. Lucas dînera ici, mais tu veux peut-être qu'on reste seuls ?

— Pas du tout, réagit Léa, en s'asseyant dans le gros fauteuil face à Lucie et à Isabelle. C'est bien d'avoir du monde. C'est bien que vous soyez là, ajoute-t-elle en souriant aux filles.

— Alors, qu'est-ce que t'a dit la gynéco ? la questionne Lucie.

— Que c'était sans doute un cancer. J'ai une biopsie de prévue vendredi, mais il faudra attendre les résultats pour être sûrs, et savoir quel type de cancer c'est.

— Rien n'est sûr, si ? C'est peut-être bénin ? hasarde Adrien en versant du crémant dans leurs verres.

— Il y a quatre-vingt-quinze pour cent de risque que ça en soit un, et tu sais bien qu'aux jeux de hasard, je perds toujours.

— C'est vrai qu'une lésion ACR5 c'est inquiétant, intervient Lucie. Mais c'est aussi ta toute première mammographie, et la grosseur est apparue d'un coup, ça pourrait également être une inflammation. Je ne veux pas te donner de faux espoirs… Seulement, rien n'est joué pour le moment.

— Merci, Lucie, c'est adorable, ça me touche, vraiment. Mais je ne dois pas me voiler la face sur ce coup-là.

— Je comprends. Tu sais si ta mère a déjà eu des kystes au sein, ou des problématiques similaires ?

— Tu parles de quelle mère, la vraie ou la fausse ? répond Léa avec un rictus.

— Oui, pardon… Tu sais de quoi est morte Jeanne ?

— Non, la secrétaire du notaire n'a rien précisé, et je n'ai pas creusé, à l'époque.

— Ça vaudrait peut-être le coup. Les antécédents familiaux, ça n'est pas négligeable.

— J'ai appelé ma mère, tout à l'heure. En sortant du cabinet. Enfin, ma fausse mère.

— C'est super que tu l'aies fait ! s'exclame Adrien. Comment elle a réagi ?

— Je crois qu'elle était un peu sous le choc. Elle m'a proposé de m'accompagner pour la biopsie. J'ai dit oui, comme tu seras en cours, Adrien, ça ne t'embête pas ?

— Non, pas du tout, c'est une très bonne idée. Je suis rassuré de savoir que tu ne seras pas seule.

— Parfait, faisons comme ça, alors. Merci d'être là, tous. J'ai de la chance d'être si bien entourée. Et, ajoute-t-elle en levant son verre, trinquons aux mauvaises nouvelles, mais aux super amies ! »

Ils se lèvent tous les quatre, trinquent bruyamment, les yeux tout à coup embués, puis s'enlacent dans un élan partagé de réconfort.

« Euh, ça va les adultes, là ? les interrompt Harry sur un ton sarcastique. On ne vous dérange pas ? »

À ses côtés, Billie et Lucas gloussent.

« Non, lui répond Adrien, on célèbre l'amitié !

— Vous voulez vous joindre à nous ? enchérit Léa en tendant son bras vers eux.

— Nan merci, beurk. On mange quoi ? On a grave faim. »

39

Le vendredi suivant, Anne gare sa voiture sur le parking de l'hôpital.

Léa en descend lentement, suivie de sa mère. Le trajet s'est fait dans un silence entrecoupé de banalités : ton père t'embrasse ; on a rangé le salon de jardin sinon il s'abîme trop ; mon amie Christine vient d'adopter un petit chien, pourtant les chats, c'est mieux, on est plus libre de s'absenter quelques jours, tu ne crois pas ?

En arrivant dans le hall, elles ne peuvent ignorer la coïncidence : elles se sont retrouvées au même endroit, cinq ans plus tôt, à attendre le résultat de l'opération de Jacques, après son AVC.

Elles échangent un regard, un instant ; elles savent toutes les émotions que ce souvenir fait renaître chez chacune d'elles.

À l'accueil, on leur indique une salle d'attente au rez-de-chaussée, service radiologie.

Les affiches accrochées ici et là vantent toujours les mérites de « la mammographie dès quarante ans » (merci bien, le message est passé) ou du « dépistage du cancer colorectal » et désormais remercient « le personnel de l'hôpital pour avoir été aussi présent et disponible pendant la période du COVID-19 ».

L'attente est moins longue, cette fois. Après une dizaine de minutes, une infirmière habillée d'une blouse verte, pour changer, vient chercher Léa. Au bout du couloir, elle désigne une pièce, éclairée d'une lumière bleue et froide, un siège pour poser ses affaires – elle est autorisée à garder son jean –, et la table d'examen sur laquelle elle peut s'allonger en attendant le médecin.

À nouveau, Léa se couche sur le drap en papier, rêche et froid ; elle tremble légèrement, aveuglée par la lampe chirurgicale braquée sur elle.

Une docteure entre.

« Bonjour madame Marlant, je suis le docteur Oréal. C'est moi qui vais procéder à votre biopsie aujourd'hui. S'il vous plaît, levez les bras au-dessus de la tête, que je regarde cette grosseur, déjà. »

Léa s'exécute.

« Désolée, mes mains sont froides, malgré les gants. »

Elles sont glacées, mais Léa sourit, crispée.

« Ah oui, en effet, c'est une belle grosseur que vous avez là. Elle est apparue d'un coup, comme ça ?

— J'ai l'impression. Je ne l'avais pas remarquée avant samedi dernier. Tout s'est passé si vite…

— C'est normal, il ne faut jamais minimiser une telle chose. Cela étant, ce peut être une simple infection. Vous n'êtes pas tombée ? Vous n'avez pas pris de coups dernièrement ?

— Non, rien de tout cela.

— Bon. Je vais faire une échographie pour identifier les lésions, avant de procéder à une anesthésie ; ce sera une aiguille très fine, ne vous inquiétez pas. Et quand la zone sera anesthésiée, je prélèverai du liquide dans la masse de votre sein droit, à l'aide d'une plus grosse aiguille.

— D'accord. »

La docteure applique le gel, désormais familier, pour préparer l'échographie, puis place son appareil sur le sein de Léa. Elle a toujours aussi froid.

D'un coup, le silence. La médecin se concentre ; petit à petit, ses sourcils se froncent. De longues minutes passent, qui semblent interminables.

Léa ne parvient pas à rester muette plus longtemps :

« Ce n'est pas très joyeux ce que vous voyez ?

— En effet. »

Léa crève d'envie de savoir, qu'on lui dise de quoi il retourne vraiment. Bien sûr, la docteure ne pourra pas lui répondre avec certitude, mais elle ne résiste pas à demander :

« Vous pensez que c'est un cancer ?

— Oui. Il me semble bien. Les résultats de la biopsie le confirmeront. »

Elle est un peu sonnée que la médecin lui parle, finalement, si franchement.

« Je suis désolée, je ne veux pas m'avancer non plus, mais tous les signes sont là.

— Merci de me le dire. L'attente sera peut-être moins pesante, maintenant.

— Je vais procéder à l'anesthésie, puis au prélèvement. Vous recevrez les résultats dans une semaine à peu près. Votre gynécologue vous appellera pour vous donner les résultats. Qui est votre gynécologue ?

— Le docteur Durand, du cabinet Saint-Pierre.

— Je vois. C'est une excellente médecin, c'est bien que vous l'ayez dans votre équipe.

— Oui, je trouve aussi. »

Léa est polie, elle sourit, mais au fond elle est dévastée.

Elle se souvient qu'elle était toujours choisie en dernier par ses camarades de classe, au collège, quand il fallait former les équipes au foot ou au basket ; aujourd'hui, elle est propulsée capitaine d'une « équipe » qu'elle n'aurait jamais imaginé devoir composer, pour jouer un match qu'elle a bien trop peur de perdre.

40

Sur le chemin du retour, leurs larmes coulent en silence.

Il est midi passé de quelques minutes, la radio déverse ses infos : une guerre par-ci, un gouvernement défaillant par-là. Rien de nouveau, le monde ne tourne toujours pas très rond. Encore moins aujourd'hui.

« Tu sais, Léa, il faudrait, je pense, que tu puisses prendre l'air. Partir de chez toi, respirer, t'occuper, rendre l'attente moins insupportable. Ça va être très long d'ici à vendredi prochain.

— Oui, pourquoi pas… Après, je ne me vois pas laisser Adrien et les enfants tout seuls ce week-end. Billie a une compétition de basket samedi. Et, dimanche, Harry organise un après-midi jeux avec ses potes à la maison. Si j'annule, ou que je change les plans, ça risque de les inquiéter inutilement. Et je ne veux pas qu'ils sachent trop vite.

— Peut-être pas ce week-end, alors. La semaine prochaine ? Tu crois que tu pourrais poser quelques jours de congé ?

— Je ne sais pas. Je suis déjà très en retard sur mes projets en cours.

— Je comprends. Néanmoins, cette fois, c'est exceptionnel. C'est important que tu réfléchisses à comment tu veux gérer cette attente.

— Tu as raison. Je vais y songer. »

De nouveau, la radio emplit l'espace. Léa tourne et pose sa tête contre la vitre. Elle regarde le paysage lillois défiler ; tout semble gris et triste.

Il lui faudrait du soleil, de la chaleur sur sa peau, danser un peu, chanter très fort, boire trop. Tout oublier. Il lui faudrait partir loin ; sa mère a raison.

Partir. Mais où ? Comment ?

41

Il est tard, ce vendredi. Léa ne trouve pas le sommeil. Les yeux grands ouverts dans l'obscurité de la chambre à coucher, elle se retourne brusquement vers Adrien, qui, lui non plus, ne dort pas :

« Tu m'épouserais, là, maintenant, avec tout ça ?

— Tu en as de ces questions la nuit, toi !

— Tu m'épouserais, alors ?

— Toujours pas.

— Mais je vais peut-être mourir ! C'est grave, quand même, tu pourrais avoir pitié de moi !

— Raison de plus, je ne vais pas t'épouser alors que tu as peut-être déjà un pied dans la tombe, ironise-t-il.

— Super…

— En revanche, je t'aime encore plus. Et je suis là pour toi, chaque seconde. Je ne te lâche pas. On va se battre ensemble, et on va gagner, tu vas voir. À nous deux, on ne peut pas perdre. »

Ils se serrent fort l'un contre l'autre.

« On le dit quand aux enfants, tu crois ? lui demande Adrien.

— Mieux vaut attendre les résultats de la biopsie, attendre d'être sûrs-sûrs. Il ne faut pas paniquer trop vite. Ils auront largement le temps de s'inquiéter quand on aura eu le diagnostic définitif. Pour le moment, on ne prévient pas plus de monde que ceux qui sont déjà au courant : Lucie et Isabelle, Audrey et Allie – je me sentais obligée de la prévenir, puisque je ne suis pas venue ces deux derniers jours ; déjà que je l'ai soigneusement évitée mardi. Et puis mes parents, bien sûr.

— OK, tu as raison, ça me va. »

Léa se rend compte que ce probable cancer comble depuis quelques jours les silences qui s'étaient installés entre eux. Le cancer semble plus facile à gérer pour Adrien que la dépression. Parce qu'il est plus concret. Parce qu'il est plus palpable.

C'est une mauvaise nouvelle qui, de façon inattendue, leur fait du bien : ils parlent, ils se serrent fort, ils se touchent, ils se charrient, ils se « re »-aiment. Certes, elle a constamment les larmes aux yeux, et le meilleur ne semble pas à venir en ce qui concerne sa santé, mais elle ne se sent plus seule. Ils sont de nouveau un vrai duo.

Tout cela reste fragile ; on ne résout pas une longue et lente prise de distance en trois jours de rapprochement intense. Paradoxalement, ce sentiment d'être entourée irradie le cœur de Léa d'une chaleur qui avait disparu. Depuis cinq ans.

42

Léa pense souvent à la mort. Elle y pense quand elle descend un escalier et qu'elle imagine louper une marche et se fracasser sur le palier. Elle y pense quand elle traverse la rue et que la voiture ne freine pas assez vite à son goût. Elle y pense quand elle se coupe avec un gros couteau de cuisine, ou quand elle approche un peu trop du rebord d'une fenêtre en hauteur. C'est plus pour rigoler – de l'humour d'angoissée –, pour se rassurer d'être toujours vivante. La mort, ça ne sera pas pour aujourd'hui.

Mais là, depuis quelques jours, elle pense à la mort pour de vrai. Elle y pense cet après-midi encore, dans la salle d'attente de sa psy. Elle l'a appelée mercredi pour savoir si elle n'aurait pas un petit créneau en urgence. Sa thérapeute lui a proposé le vendredi après-midi, à 15 heures. C'était parfait.

Elle vient à son cabinet, plus ou moins régulièrement, depuis plusieurs années maintenant. Parfois, pendant six mois, elle s'en passe, elle l'oublie même – et c'est bien. Parfois, elle s'y rend toutes les semaines, plus souvent tous les quinze jours. Pour y voir plus clair dans ses angoisses et ses ruminations. Ça ne change pas le fond de son caractère, mais ça lui permet d'anticiper ses réactions, de comprendre son fonctionnement et, finalement, de se connaître un peu mieux.

La porte s'ouvre et sa psy apparaît. Elle la salue aimablement et l'invite d'un geste à entrer. La pièce est petite, mais douillette. Une grande fenêtre laisse passer assez de lumière pour ne pas se sentir complètement enfermé. Sa thérapeute s'installe dans un lourd fauteuil en cuir ; Léa s'assied face à elle, comme d'habitude, sur une confortable banquette en velours vert, légèrement élimée. Elle retrouve les objets qu'elle connaît désormais par cœur et qui la rassurent : sur un mur, un tableau abstrait et bariolé qu'elle n'aurait jamais accroché chez elle, mais qu'elle fixe souvent pendant ses séances et qui, selon elle, représente le tumulte des pensées humaines. À droite, un petit guéridon où sont posés les carnets de notes de sa psy et une grosse boîte de mouchoirs. À gauche, une plante verte un peu fatiguée, et une horloge au-dessus de la porte qui lui permet de savoir quand s'arrêter – bien que ce soit toujours sa psy qui indique la fin de la séance.

Une fois qu'elles ont pris place, elle sourit à Léa et lui demande, pour commencer, comment elle se sent.

« Bof. J'ai appris que j'allais peut-être bientôt mourir. »

Comme sa psy fronce les sourcils, Léa lui raconte les derniers événements : la boule au sein, les questionnements, la mammographie, l'échographie puis, enfin, la biopsie ce matin.

« Ne trouvez-vous pas qu'avant de spéculer sur quoi que ce soit, il faudrait d'abord attendre les résultats de vos examens ?

— Je n'ai aucun doute. Je préfère être réaliste.

— Et donc, vous pensez à votre mort ?

— Je ne sais pas, je ne l'imagine pas précisément. Le cercueil, l'enterrement et tout ça, non, ce n'est pas concret. Mais je pense à mes proches. Aux enfants, par exemple. Est-ce qu'ils vont m'oublier ? Quand ils auront vingt-cinq ans, ils parleront de moi avec émotion à leurs amis ; je serai devenue un vague souvenir. Un souvenir joyeux, j'espère. Parce que ça va être mon avantage, de mourir jeune : on ne va garder de moi que le bon. Surtout Billie et Harry, qui sont en pleine adolescence : pas le temps de s'engueuler vraiment fort, de stresser pour leur bac, ou quand ils monteront pour la première fois sur un scooter. Ils ne vont se rappeler que du meilleur. Ils diront à leur père en souriant : "Ah, elle était un peu stressée, mais elle était marrante." Ou : "On est le 3 décembre, maman aurait déjà installé le sapin."

— Je vois.

— Je dois aussi trouver quelqu'un d'autre pour Adrien. Il est trop jeune pour rester seul. Il ne faudrait pas qu'il soit abattu, qu'il se renferme sur lui-même, surtout pour les jumeaux ; un papa triste, ce n'est pas facile à vivre. Et puis ce serait vraiment bien qu'il tombe à nouveau amoureux. Une meuf cool, mais pas trop quand même – qu'il ne m'oublie pas non plus complètement. C'est bête qu'Audrey soit déjà en couple... À moins qu'Alex, son mec, ne soit partant pour une relation libre ? Pardon, je suis en roue libre.

— Ne vous excusez pas.

— Je préfère en rire, vous voyez. L'humour, ça me permet de mettre la mort à distance. Je préfère en rire qu'en pleurer. Pleurer, je ne sais faire que ça, ces derniers jours. Enfin, je fais gaffe à ne pas pleurer devant eux. Je pleure discrètement quand je suis seule : quand je suis à vélo, je pleure ; face à ma baie vitrée, je pleure ; quand je prends une douche, je pleure ; dans mon lit, le soir dans le noir, je pleure. Peut-être qu'ils ne sont pas dupes et qu'ils ont remarqué, surtout Adrien. Mais on n'en parle pas. Pleurer, en ce moment, ça me fait du bien.

— Je comprends que cette annonce – pas encore officielle – vous attriste au plus haut point. Néanmoins, vous savez, un cancer ne signifie pas pour autant que vous allez mourir. On guérit de beaucoup de cancers, aujourd'hui. Peut-être faut-il voir, ici aussi, le verre à moitié plein ?

— Oui, bien sûr. Pourtant je sens, encore une fois, que je ne vais pas faire partie des bonnes statistiques. Et je n'y connais rien, est-ce que si, admettons, je me soigne et que je m'en tire, est-ce que je vais vraiment guérir pour de vrai ? Je veux dire, une rémission, est-ce vraiment définitif ? Est-ce que je ne vais pas devoir repartir pour une autre bataille dans dix ans ? Est-ce que le fait d'avoir un cancer là, à mon âge, ce n'est pas la garantie de mourir d'une récidive, dans quelques années ? Et soixante ans, ce sera toujours trop jeune pour mourir.

— Je vois.

— Ce qui est bizarre, c'est que désormais je sais de quoi je vais mourir. J'aimais ça avant, être dans l'inconnu, imaginer tout le temps, mais ne jamais savoir vraiment. Avec ce diagnostic, je sais quelle sera ma fin.

— Je comprends. »

Des secondes de silence emplissent la pièce. Léa remarque que des larmes coulent sur ses joues. Et voilà qu'elle pleure encore. Elle ne s'en rend même plus compte. Elle lève les yeux vers le plafond pour retenir ses larmes. C'est complètement inutile : elles ruissellent malgré tout.

« Et puis il y a Octobre rose partout, reprend-elle, la voix chevrotante. Je fais ça bien, moi : un cancer du sein pile pendant le mois de la prévention. Un modèle du genre, vous ne trouvez pas ? J'entends parler autopalpation tous les jours. J'en bouffe à tous les repas. J'écoute la radio : on en parle ; je marche dans la rue : je tombe sur des affiches ; j'achète un truc : on me demande si je veux ajouter quelques centimes pour financer telle ou telle association d'aide aux malades. Je n'en peux plus, j'ai envie d'envoyer chier la terre entière. »

La psy acquiesce dans un murmure. Léa n'aime rien de mieux que de balancer des gros mots dans cette pièce feutrée et de voir sa thérapeute opiner de la tête, puis prendre des notes comme si elle venait de dire quelque chose de très important. C'est son petit plaisir du jour, il en faut bien un.

Plus tard, à la fin de la séance, sa psy lui propose de la revoir rapidement, après les résultats de la biopsie, pour faire le point. Elles conviennent ensemble d'un rendez-vous le lundi 16, toujours à 15 heures. En l'inscrivant dans son agenda électronique, Léa se dit que, ce jour-là, elle saura.

43

Chaque matin depuis le 3 octobre, Léa se réveille et elle a oublié. Ce samedi matin ne déroge pas à la règle. Le temps d'émerger et, comme un coup dans le ventre, brutal, tout lui revient : la boule au sein, le probable cancer, la vie qui est bousculée en un claquement de doigts.

Rien n'a changé, pourtant. Rien n'est officiellement dit, mais « quelque chose » plane au-dessus d'elle, au-dessus d'Adrien, d'eux tous : cette attente insupportable du diagnostic.

Elle se tourne vers sa table de chevet et découvre un message de sa mère sur son téléphone :

« Coucou. Ton père a repéré une expo en ce moment à Paris : "Traversées féminines". C'est à Beaubourg, une rétrospective sur des femmes artistes de ces cinquante dernières années, ça a l'air chouette. Je t'envoie le lien de l'expo dans un autre message. On pourrait y aller toutes les deux, lundi par exemple ? Faire l'aller-retour ou rester quelques jours ? Ça pourrait t'aider à te changer les idées. Redis-moi. Pas d'obligation, bien sûr, c'est juste une idée. Je pense à toi. Bisous. »

L'expo a tout pour lui plaire, elle n'en avait même pas entendu parler. Ça fait un bail, en plus, qu'elle n'est pas retournée à Paris. Et puis ça la déculpabiliserait de prendre une journée de congé pour cette raison ; une expo, c'est de l'inspiration, c'est presque du travail. Mais, avec Anne, est-ce qu'elle en est capable ? Est-ce que ça se passerait bien ? Est-ce que ça lui ferait du bien ?

Adrien est déjà levé ; elle sort du lit et descend le rejoindre à la cuisine.

« Bonjour ! Bien dormi ?

— Pas si mal, et toi ?

— Réveillé trop tôt comme tu vois, mais ça va.

— Oui, ça ne m'étonne pas, ça me fait ça aussi, en ce moment. À peine l'œil ouvert, j'ai comme un petit vélo qui tourne sans arrêt dans ma tête.

— Exactement. En revanche, je crois que ce n'est pas qu'un vélo, c'est carrément tout le peloton du Tour de France !

— C'est sûr ! » lui répond Léa en éclatant de rire.

Elle scrute Adrien qui boit son café.

« Et tu crois que je peux avoir du café au stand de ravitaillement du Tour ?

— Bien sûr, ma petite dame, je m'en occupe tout de suite ! »

Le bruit de la machine qui broie, puis percole le café, les empêche de discuter pendant quelques secondes.

« Dis, je voulais te parler d'un truc, reprend Léa, quand le silence se fait de nouveau.

— Oui ?

— Ma mère me propose d'aller voir une expo à Paris en début de semaine. Pour me changer les idées. Tu en penses quoi ? »

Le sujet de ses parents est un terrain miné, ces dernières années. Adrien l'observe et ne sait pas exactement quelle réponse attend Léa : une réponse sincère, ou une réponse qui irait dans le sens des reproches infinis de son amoureuse ?

« Je crois que c'est une très bonne idée, lui répond-il en optant pour l'honnêteté. D'abord, ça fait longtemps que tu n'as pas passé du temps, vraiment, avec elle, et, même si ça peut paraître un peu angoissant, je suis sûr que ça te fera plus de bien que de mal. Tu rumines cette histoire depuis bien trop longtemps, ça te gâche la vie, ça nous gâche même nous.

— Tu as sans doute raison. J'avoue, je ne suis pas très à l'aise. L'idée ne me réjouit pas complètement mais ça ne peut pas être un total calvaire. Au pire, je garderai le silence.

— Oui, bon, je ne sais pas si ce serait la solution… Dans tous les cas, si tu sens que ça devient compliqué, dis-toi que tu peux te barrer, sauter dans un train et être en une heure à la maison.

— OK, je vais faire ça. Je lui propose d'y aller lundi. Au moins, tu vois, rien que là, à réfléchir à tout ça, eh bien, ça fait quinze minutes que je n'ai pas pensé au cancer !

— Impeccable. Tu veux qu'on parle encore un peu de ta mère ? Sinon, j'ai aussi en réserve le sujet "comment on s'organise pour le match de basket de Billie cet aprem ?" !

— Ah, parfait, parlons de ça ! »

Il est temps de s'attaquer à la longue to-do-list de la journée : aller réveiller les enfants qui dorment désormais comme des loirs jusqu'à midi, prendre une douche, préparer les sandwichs pour la route et le match de 13 heures, également un goûter pour l'après-match et des boissons, checker l'itinéraire et se dévouer dans le groupe WhatsApp des parents pour laver et repasser les maillots ce week-end, ça l'occupera.

Mais, avant, elle appelle sa mère.

« Léa ?

— J'ai bien eu ton message, merci pour la proposition. J'avoue être tentée. Je ne serai peut-être pas d'une super compagnie mais, tu as raison, je crois que ça me changerait les idées.

— Ça me fait tellement plaisir ! Vraiment.

— Je t'envoie les horaires de train par message, on se tient au courant, ça te va ? »

Léa s'apprête à raccrocher, puis se ravise. Elle prend une grande respiration, aspire d'un coup tout l'air autour d'elle et demande :

« Dis-moi, Jeanne, elle est morte de quoi ? Tu sais si c'était un cancer du sein ? »

Elle n'en revient pas elle-même d'avoir eu le courage de poser cette question. Ce sujet est interdit depuis tant d'années, mais là, avec l'urgence, la nouvelle, la maladie, les cartes sont rebattues : Léa a besoin de savoir. À l'autre bout du fil, le silence. Comme si Anne devait d'abord digérer l'information. Puis, doucement, elle répond :

« Non. Enfin si, mais non, ce n'était pas d'un cancer du sein, c'était d'une longue maladie. Je ne sais plus, je vais demander à ton père. »

Elle hésite, elle bafouille, puis reprend d'une voix plus claire :

« Mais ce n'était pas un cancer, ça, j'en suis sûre.

— OK, merci. Bon week-end à vous deux. »

Léa ne veut pas s'éterniser dans cette conversation ; elle a posé une question, c'est déjà bien.

« Oui, très bon week-end à vous aussi ! »

Elle voit à quel point sa mère essaie de ne pas la blesser, pèse ses mots, marche sur des gros œufs bien fragiles. Malgré tout, Léa se sent mal à l'aise d'avoir prononcé de nouveau le prénom de « Jeanne » et ainsi replongé, comme ça, dans l'épais méli-mélo du secret.

44

Anne et Léa se retrouvent à la gare de Lille-Flandres le lundi matin à 9 heures. Pour contrer sa propre morosité, Léa a enfilé son long manteau jaune et son écharpe vert clair (Billie dit « menthe »), comme pour mettre de la couleur dans cette journée.

Sur le quai, elle déchiffre le panneau d'affichage afin de connaître l'emplacement exact de leur voiture :

« Regarde, on est juste à côté du wagon-bar, on n'a qu'à y aller directement ? Je me prendrai bien un grand café !

— C'est horriblement cher, le wagon-bar !

— On s'en fout, lui répond Léa, légèrement agacée. Ça ne va pas nous tuer de nous payer un petit café là-bas. Un cancer, ça, ça peut tuer, mais pas un café à dix balles, on sera juste un peu plus pauvres.

— On avait dit qu'on se changeait les idées aujourd'hui et, direct, tu mets les pieds dans le plat !

— Désolée, j'ai besoin de faire des blagues pas drôles sur le sujet, ça m'aide à respirer mieux, à tuer l'attente et surtout à ne pas m'écrouler toutes les cinq secondes.

— Je comprends. Va pour un café cher, alors, avec, en prime, un mauvais croissant, et exorbitant si possible.

— J'en salive d'avance ! »

Quelques minutes plus tard, elles se retrouvent au bar du TGV, devant le menu complet de l'option petit déjeuner : deux brioches pépites de chocolat, deux jus de pomme et deux cafés latte macchiato (des grands, avec un supplément). Côte à côte, debout, accoudées sur une longue table haute et étroite, elles regardent le paysage matinal de la campagne lilloise défiler sans un mot, dans une ambiance grise mélancolique, bercées par le roulis du train et enveloppées par le brouhaha des conversations alentour.

Et, dans ce moment banal, Léa entend sa mère murmurer :

« Tu sais, je crois que je n'ai pas eu trop le choix. »

Léa se fige. Elle lui jette un regard et s'aperçoit qu'Anne fixe la vitre ; elle semble très concentrée, comme si elle avait pensé à ces mots depuis longtemps et qu'elle les avait répétés mille fois en silence.

Anne reprend :

« Tu vas me rétorquer qu'on a tous le choix, et sans doute que je l'ai eu, au début. J'étais très jeune à l'époque ; j'avais à peine vingt et un ans quand j'ai rencontré ton père. Je ne savais pas ce qui se faisait, quelle était la norme dans les histoires d'amour. Et puis, à peine deux ans plus tard, tu es arrivée et je n'ai pas pu partir. Oh, je ne peux pas dire que j'ai eu une vie de femme heureuse et épanouie, loin de là. Mais je t'ai eue, toi. Tu étais, et tu restes, ma raison de vivre. Je me suis contentée de cette existence un peu bancale pour que tu sois heureuse. Je voulais t'épargner le poids de ce que je portais, moi, à cause de ce pacte.

— On peut dire que c'est raté, de ce côté-là.

— Je suis désolée, je n'ai pas compris tout de suite à quel point tu avais été blessée qu'on garde le secret. Je voulais sincèrement te protéger. Je ne pensais pas que c'était important pour toi. À mes yeux, ce n'étaient que des histoires d'adulte. J'aurais dû me mettre à ta place. Ça m'a fait beaucoup de peine qu'on s'éloigne autant ces derniers temps. Que je ne fasse plus partie de ta vie, ou seulement à la surface. Que tu ne veuilles plus compter sur nous.

Tu es ma fille chérie, je t'aime tellement, si tu savais. Dès que je t'ai vue, je t'ai aimée. Même quand tu n'étais pas encore là, dès que Jeanne nous a révélé que tu grandissais dans son ventre, je t'aimais déjà. J'aimais l'idée d'être mère, d'être ta mère. On m'avait dit que je pourrais difficilement avoir des enfants, pourtant j'en crevais d'envie.

Alors, quand Jeanne m'a parlé de sa grossesse, en me précisant qu'elle ne pouvait plus avorter, je n'ai pas réfléchi longtemps.

Bien sûr, je les ai fait mariner un peu. Il ne fallait pas que ce soit trop facile non plus. C'était la solution idéale, plutôt que d'accoucher sous X. Mais j'étais si jeune, j'avais à peine vingt-trois ans en 1978, je venais de terminer mes études et je ne savais pas vraiment ce que j'allais pouvoir en faire, je ne savais pas comment on allait pouvoir t'élever, avec quel argent, dans quel appartement. Et puis je n'avais pas envie qu'elle vienne t'enlever à moi au bout de quelques semaines, mois ou années. Je savais déjà que je ne le supporterais pas. Je voulais être sûre que chacun dans ce trio était conscient de ce dans quoi il s'engageait. Jeanne, c'était moi en mieux. Elle avait ton père la moitié du temps, sa liberté, et deux lettres de plus à son prénom. Je refusais qu'elle te récupère, en prime, à moyen terme.

Je suis désolée de cette situation. Je ne veux pas que ça nous éloigne. Cette histoire m'a permis de devenir ta mère, et je suis tellement triste qu'elle finisse par nous séparer. J'aimerais tout te raconter, que tu puisses me poser toutes les questions que tu souhaites. »

Elle marque une pause. Se colle contre le bar face à la fenêtre pour laisser passer un homme en costume cintré bleu nuit, portant un plateau chargé d'une demi-douzaine de grandes tasses cartonnées fumantes.

« Je me souviens, un soir, tu devais avoir six ou sept mois à peine, tu pleurais et je ne savais pas pourquoi. À cette époque, tu pleurais toutes les nuits. Mais cette nuit-là encore plus que les autres.

Je t'ai bercée, je t'ai portée, je t'ai chantonné mille comptines, je t'ai baignée, je t'ai nourrie. Rien n'y faisait. Mais, moi, j'étais heureuse de m'occuper de toi, heureuse de prendre soin de toi. J'étais même heureuse tout court, car je venais d'apprendre quelques semaines plus tôt que j'étais enceinte. C'était un miracle, rien n'avait fonctionné jusque-là. Cette nouvelle me comblait de joie. J'étais heureuse de pouvoir t'offrir une petite sœur ou un petit frère, j'avais hâte d'agrandir notre famille.

Bien sûr, ce soir-là, ton père était absent, il était chez Jeanne ; il m'avait dit qu'il serait rentré avant minuit.

La règle, c'était qu'il reste joignable. Je pouvais l'appeler chez elle au besoin, en cas d'urgence. Je n'avais encore jamais eu à le faire. Et, franchement, l'idée ne me réjouissait pas. À 2 heures du matin, pourtant, il n'était toujours pas rentré, et toi, tu continuais de pleurer. Mais je n'osais pas téléphoner.

Tout à coup, alors que j'étais assise en train de te bercer doucement dans mes bras, j'ai senti quelque chose en moi se briser. Je me suis rendu compte qu'un liquide chaud et visqueux s'écoulait lentement le long de mes cuisses. Je l'avais perdu. J'avais perdu le bébé. Quelques minutes avant, je nous imaginais construire une vie jolie à quatre, et puis tout s'écroulait.

Tu t'es arrêtée de pleurer subitement. Comme si tu avais compris ce qu'il était en train de se passer. On est restées là, en silence, longtemps.

Au bout d'un temps qui m'a paru une éternité, ton père est rentré. Il nous a découvertes toutes les deux – moi, ankylosée, tachée de sang, hagarde, dévastée ; et toi, profondément endormie, toujours dans mes bras. Il t'a prise dans les siens et t'a déposée dans ton berceau, puis il m'a emmenée dans la salle d'eau, m'a fait couler un bain, m'a lavée, m'a bercée à mon tour. Il m'a murmuré tout le reste de la nuit à quel point il était désolé et combien il m'aimait.

Je lui en ai voulu, bien sûr. Il m'a demandé pardon mille fois. On s'est soutenus quand le médecin nous a appris que jamais mon corps n'aurait pu mener cette grossesse à son terme et que, désormais, je ne pourrais plus avoir d'enfant, qu'il ne fallait plus espérer. J'ai tenu, parce que tu étais là. Parce que tu étais mon soleil. Parce qu'on était ensemble, tous les trois. Qu'il nous restait ça, que j'avais de la chance de vous avoir.

Après ce qui s'est passé, ton père n'a pas quitté la maison pendant un long moment. Il a pris soin de moi et de notre famille. Il s'est occupé de toi toutes les nuits suivantes ; c'est même lui qui a trouvé la technique du biberon tiède sucré, qui t'endormait comme par magie pour six bonnes heures. Tu te souviens de ça ? Il était fier d'être ton père, de réussir dans son rôle. Ça m'a fait du bien de le voir ainsi. Et puis, quelques mois plus tard, quand ça allait mieux, il a rejoint Jeanne. J'ai souffert, j'avoue. Je ne disais rien, je me taisais, je me suis tue et me tais encore.

— Maman…, murmure Léa en posant sa main sur son bras.

— Ne t'inquiète pas, c'est loin, tout ça. J'y pense encore, de temps en temps, mais c'était il y a longtemps. Des fausses couches, il y en a des milliers par an ; de même que des femmes qui ne peuvent pas avoir d'enfant. Et moi, j'avais de la chance parce que, dans mon malheur, je t'avais, toi. Tu as été ma fille à la première seconde où je t'ai vue. Alors j'ai serré les dents et j'ai tout accepté : Jeanne, leurs escapades, leur histoire d'amour. Tout.

Tu es mon bébé adoré, ma joie. Je t'ai tellement aimée. Je t'aime toujours si fort. Tu m'as aidée à rester debout, à continuer d'avancer. Avec toi, j'avais mille raisons d'être fière et d'être heureuse : j'étais ta mère. »

Des gouttes d'eau dégoulinent sur la vitre extérieure du wagon-bar face à elles, et Léa se rend compte que des larmes coulent également en silence sur ses joues.

« Tu en as parlé à quelqu'un ? Tu avais des amies à qui te confier ? lui demande Léa.

— Je n'en ai parlé à personne, même pas à mes proches. J'ai été beaucoup occupée au début : avec un bébé, tout change. Les premières années ont été compliquées pour moi, la maternité n'est pas un long fleuve tranquille, même avec mon histoire. D'autant que ton père en vadrouille n'arrangeait rien.

Alors j'avais moins le temps pour les sorties, les copines, les fêtes. Et je me suis retrouvée en tête à tête avec toi. Mais c'était très bien comme ça. Mon rôle de mère m'a épanouie. Je sais que c'est tabou pour ta génération, mais c'est vrai que, à mes yeux, réussir ma vie, c'était avant tout réussir à bien t'élever, et aussi rester financièrement indépendante de Jacques. Je dépendais déjà de lui émotionnellement, c'était bien assez. »

D'être côte à côte, et non face à face, semble faciliter la prise de parole d'Anne, comme si elle pouvait tout dire sans être arrêtée par les réactions ou le jugement de sa fille. Comme dans un confessionnal.

Par la fenêtre, le paysage défile à plus de trois cents kilomètres par heure. À l'instar de sa vie, dans le récit qu'elle confie à sa fille.

« Mais, tu sais, ton père, je l'aime malgré tout, c'est l'amour de ma vie. Il n'est pas parfait, personne ne l'est. Au début, j'ai accepté le pacte, parce que j'ai misé sur la famille que nous deviendrions ; à terme, j'étais persuadée qu'il nous choisirait. Qu'il se lasserait de sa grande Jeanne, qui, je le croyais, ne lui offrait rien de concret. J'ai eu tout faux. Bien sûr que Jeanne était sa bouffée d'air, sa récréation, surtout dans les premières années. Bien sûr qu'il revenait toujours, qu'il appelait chaque fois, qu'il prenait de tes nouvelles, qu'il surveillait que le bateau ne coulait pas en son absence. Mais le bateau n'aurait jamais coulé, puisque j'étais à la barre.

Finalement, j'ai bien fait d'être patiente. J'ai attendu longtemps, presque trente-cinq ans. Trente-cinq ans de voyages d'affaires imaginaires, de déplacements inventés, de soirées seule, de week-ends à trouver mille et une activités pour t'occuper, de réunions parents-profs avec un seul parent et la voisine qui te gardait. D'anniversaires un peu tristes, ou en décalé, parce que ton père n'avait pas pu se libérer. De dimanches soir sinistres et de semaines mornes à crever. Et, enfin, je l'ai eu pour moi. Pourtant, ce moment que j'attendais si fort a eu le goût amer de la tristesse.

— Pourquoi ?

— Parce que j'étais heureuse, mais aux dépens de Jeanne. Parce qu'elle a eu un Alzheimer précoce. Oui, tu vois, ce n'était pas un cancer du sein. Désolée, je ne savais pas comment te le dire samedi. C'était au début des années 2010. Elle a commencé à tout oublier, et en premier Jacques, qui ne savait plus comment l'aider. Elle a dû être accueillie dans un centre de soins. Jacques l'a accompagnée, l'a visitée beaucoup ; rapidement, elle ne l'a plus reconnu, elle s'est même montrée violente à son égard. Il a réduit ses allées et venues. Il perdait Jeanne petit à petit, tandis qu'on se retrouvait, et qu'on s'aimait. On s'est toujours aimés, de toute façon. Mais, là, notre binôme était au premier plan à nouveau.

Finalement, aujourd'hui, on est un couple normal. Comme si le secret s'était évaporé.

— Sauf que je ne suis pas ta fille biologique, et ça, personne ne trouvait important de me le dire.

— Oui, je suis désolée, encore une fois, j'aurais aimé qu'on puisse te l'avouer plus tôt. Encore plus avec tout ce qui t'arrive... J'ai tellement de regrets.

Ma vie, c'était Jacques et toi ; je craignais que si on te révélait le secret tu souhaites rencontrer ta vraie mère, bien légitimement, mais surtout que tu ne veuilles plus me voir, jamais. J'ai eu peur de te perdre. Alors, oui, au début, je n'ai pas vraiment insisté auprès de ton père pour qu'on te parle. Mais, il y a cinq ans, il aurait dû te raconter *toute* l'histoire.

— Ce n'était pas juste. De l'apprendre au téléphone par une inconnue. »

« Mesdames et messieurs, votre attention s'il vous plaît, notre TGV 5103 arrive à Paris-Gare-du-Nord, terminus du train. Avant de descendre, assurez-vous de ne rien oublier à votre place. Nous vous souhaitons une agréable journée. »

Tout à coup, le moment suspendu retombe sur la moquette du TGV.

Mère et fille se lèvent. Anne boit une dernière gorgée de son café désormais froid ; elles n'ont pas touché aux brioches chocolatées. Sans état d'âme, Léa balance leurs victuailles dans la petite poubelle du wagon-bar. Tant pis pour l'argent perdu.

Elle se souviendra longtemps de ce petit déjeuner.

45

Arrachées à l'ambiance particulière de leur voyage, bercées par le ballottement du train, les voilà propulsées dans l'agitation caractéristique parisienne.

Les bruits de la capitale, les klaxons, les terrasses bondées par tous les temps, les gens qui marchent vite en faisant la gueule, les odeurs… Ah, l'odeur du métro parisien, Léa la respire à pleins poumons : elle est heureuse d'être là. C'est comme revoir une vieille amie perdue de vue. Et se rendre compte qu'elle nous a manqué.

Sur le quai de la ligne 4, direction Bagneux, les deux femmes papotent en regardant le grand plan de Paris affiché sur le mur courbe. Elles organisent leur journée, repèrent un endroit pour déjeuner après le musée. Ensuite, elles improviseront : du shopping rue de Rivoli, ou à la Samaritaine entièrement rénovée, ou une balade le long du Pont-Neuf. Leur train retour est à 18 h 15, elles ont le temps.

Anne devrait être soulagée de s'être confiée, mais elle semble au contraire soucieuse et jette régulièrement des regards inquiets à Léa. Peut-être a-t-elle peur de blesser sa fille, alors qu'elles ont la chance de renouer. Il ne faudrait pas que Léa entre à nouveau dans sa coquille pour ne plus en sortir…

Pour autant, aujourd'hui, elle préfère faire tomber tous les masques : plus de secrets, plus jamais.

46

Enfin, elles arrivent devant le Centre Pompidou. Sur la grande esplanade bétonnée face à ce gigantesque bâtiment moderne, qui semble éternellement en construction. Léa adore ce lieu : étudiante, elle venait souvent à la bibliothèque ; elle avait l'impression de travailler au milieu de ce qui se faisait de mieux à Paris en matière de *hype.*

Elles empruntent l'escalator extérieur qui traverse la façade de part en part, pour atteindre l'étage des expositions temporaires. Une imposante affiche les accueille : « Traversées féminines, un voyage à travers cinquante ans de peintures de femmes artistes. »

Léa sent son ventre exploser de mille petites étoiles comme si, soudain, elle avait peur. Pourtant, les expos d'art, habituellement, c'est sa came absolue. Elle se tourne vers Anne qui paraît tendue et se dit que, peut-être, elle lui en veut un peu. Elle aurait dû la remercier de lui avoir avoué toute son histoire dans le train. Alors elle se penche vers elle et lui prend le bras, avant de lui murmurer :

« C'était bien, que tu me parles tout à l'heure. Elle va être super, cette expo, c'est grâce à toi qu'on est là. Et aussi au cancer, hein, mais on avait dit qu'on ne l'évoquait pas ! »

Anne pivote vers elle, les larmes aux yeux :

« J'ai de la chance de t'avoir comme fille, et je suis heureuse d'être là, j'espère que tu ne m'en voudras pas.

— J'en veux surtout à papa, j'ai l'impression que tu es une victime, dans cette histoire. »

Anne sourit et regarde ses pieds, soudain gênée :

« Tout le monde est un peu responsable, tu sais.

— Bonjour mesdames, bienvenue, puis-je voir vos billets ? »

Léa tend son téléphone pour présenter leur sésame.

« Très bien, c'est parfait ! Le début de l'exposition se trouve sur votre gauche. Vous avez un plan papier à disposition ici. Bonne visite ! »

Léa lâche le bras d'Anne puis attrape un dépliant. Mère et fille déambulent tranquillement, côte à côte.

La première salle est dédiée à de grandes toiles bleues et vertes, des femmes allongées, recroquevillées, aux regards tristes : l'émotion est palpable, directe. Léa prend le temps de passer devant chaque œuvre, admirative du subtil mélange des couleurs, des coups de pinceau fins et délicats qui arrivent pour autant à transmettre une force et une beauté singulières.

Sur les murs de la salle suivante, recouverts de peinture jaune, sont accrochés des tableaux plus sombres. On peut y admirer une vingtaine de portraits de femmes, eux-mêmes peints par des artistes féminines.

Parfois, même, il s'agit d'autoportraits, aux styles très différents.

Anne reste légèrement en retrait derrière sa fille, comme si elle la regardait regarder, comme si elle était l'exposition dans l'exposition. Léa se retourne vers elle, lui sourit timidement.

La troisième et avant-dernière salle est gigantesque, tout en longueur – d'un côté, une verrière, et de l'autre, un mur blanc tapissé d'œuvres installées à distance égale. Léa marche doucement, voguant d'un tableau à un autre.

Soudain, elle tombe sur une toile très colorée, qui attire instantanément son regard. Elle doit mesurer deux mètres de haut sur un mètre de large. De grandes fleurs sont dessinées – des tournesols, des marguerites, des capucines, des tulipes. Toutes ces fleurs qu'elle aime tant, elle aussi, découper, plier, coller, décorer pour ses propres créations. Et, en s'avançant un peu, elle remarque que l'artiste a ajouté sur chacune d'entre elles, posées sur les pistils ou les pétales, des femmes dans des postures assez revendicatrices : un poing levé, les bras croisés, le regard fier. Le tableau donne ainsi une impression d'infinie douceur, de par la composition florale globale, mais traduit aussi beaucoup de force et de révolte à travers les petits personnages féminins. Elle s'immobilise, touchée.

Elle s'approche alors du cartel pour découvrir l'identité de l'autrice et l'époque à laquelle la toile a été peinte. Ce qu'elle y lit la laisse interdite :

« Jeanne Remay, huile sur toile, 1987. »

Elle se retourne vers Anne. Dans son regard, elle comprend qu'elle savait, et que leur venue au musée, aujourd'hui, n'est pas le fruit du hasard.

Alors, une nouvelle fois, cinq ans plus tard, elle s'entend lui dire :

« Tu m'expliques ? »

47

« Ta mère était artiste-peintre. La peinture, c'était toute sa vie. En cela, tu lui ressembles beaucoup, énormément même. Physiquement, tu as toujours été le portrait craché de ton père, mais ton art, ta façon d'être, c'est elle. Jacques t'en parlerait mieux que moi. Voilà, maintenant, tu sais tout.

— Je suis fatiguée de vos secrets. Je n'ai même plus la force de protester. Je ne sais plus quoi te dire. Tu es sûre qu'il n'y a pas d'autres secrets planqués dans un tiroir ? Un deuxième enfant caché ? Une troisième mère oubliée ?

— Non, promis », répond Anne en esquissant un léger sourire.

Elles se sont attablées dans un petit coffee-shop, en face du Centre Pompidou. Léa ne s'était pas sentie capable de marcher trop longtemps après leur sortie du musée. Elles n'ont d'ailleurs rien vu de la dernière salle de l'exposition.

Une serveuse, sublime blonde peroxydée, large trait d'eye-liner et tout de noir vêtue, leur apporte à chacune un café.

« Je suis désolée, reprend Anne plus sérieusement. Tu aurais dû apprendre tout cela bien plus tôt. Quand ton père m'a parlé de cette expo où une œuvre de Jeanne était présentée, je t'ai immédiatement proposé d'y aller. Il fallait que tu saches qui était ta mère biologique.

— Pourquoi il ne m'a rien dit, lui ?

— Il est perdu, ton père. Il a l'impression d'avoir raté, il ne voit plus comment faire pour se rattraper. Il a essayé pourtant, il t'a envoyé des messages, des mails.

— Je n'ai pas voulu les lire, c'était trop facile.

— Je comprends. Désormais, il a peur de ta réaction, il ne sait plus comment te prendre.

— Comme si c'était ma faute. C'est lui qui a merdé, hein. Vous m'avez caché trop de choses. Je ne sais plus quoi croire.

— Je suis désolée, Léa, vraiment. Les choses ont changé, grâce à ton appel de mardi dernier. À cause de la biopsie, du cancer. On a perdu trop de temps. On ne pouvait pas continuer à se murer dans nos silences, il fallait que tu saches.

— Qu'est-ce qu'il faut que je sache ?

— Tout. Tout ce que je t'ai dit, tout ce que tu rumines depuis des années sans comprendre. Ton père était tellement fier de voir que tu choisissais finalement une voie artistique. Il était très angoissé aussi, parce que bien sûr tu faisais le choix d'un métier plus précaire, mais si fier. Tu suivais les pas de Jeanne, ça le rendait heureux.

Vos métiers sont tellement proches. Je me souviens qu'elle préparait sa première expo quand elle était enceinte de toi. Le jour où elle m'a annoncé sa grossesse, c'était dans un petit café du boulevard Victor-Hugo, à deux pas de son atelier. Elle a toujours peint des fleurs, c'était son principal sujet – des fleurs par milliers, des fleurs multicolores, des fleurs et des femmes, des paysages poétiques et fleuris. Elle était de toutes les manifs des années 1970, tu sais ? Elle n'en manquait pas une. Elle voulait "tout cramer", comme vous dites maintenant, changer le monde à sa façon. Elle voulait que les femmes aient enfin les droits qu'elles méritent, la place que les hommes leur ont spoliée. Elle organisait des réunions clandestines, rédigeait des articles dans le journal féministe de sa fac. Aux Beaux-Arts, elle avait lancé des projets artistiques engagés ; je ne sais plus lesquels exactement, je t'avoue que je la côtoyais peu, tu te doutes bien. Mais c'était une chouette personne. On aurait pu être amies, si on n'avait pas eu Jacques entre nous. »

La serveuse s'approche et leur dépose deux menus :

« Voulez-vous commander quelque chose à grignoter ? On a des plats à la carte. Sinon, la soupe du jour est à la courge et au lait de coco, je vous la conseille ! »

Anne et Léa se regardent : pourquoi pas, finalement ? Elles n'ont rien mangé depuis un bail, d'autant que leur petit déjeuner a été complètement raté.

« On veut bien voir le menu, oui, merci ! »

Une fois la carte en main, Léa prend le temps d'observer le café. Jusqu'alors, elle était encore dans une bulle. Tout ici est très sobre, à la manière des coffee-shops scandinaves : des murs blancs, un parquet au sol, une dizaine de tables et des chaises en bois clair, quelques coussins en toile beige disposés çà et là. Une pointe de couleur est apportée par deux plantes vertes : un figuier haut de presque deux mètres à l'entrée et, sur le bar, un monstera dont les feuilles majestueuses dégoulinent jusqu'au sol. Au mur, la seule décoration affichée est la carte des consommations. Chaque breuvage est présenté au moyen de lettres en vinyle noir habilement collées les unes aux autres, comme si c'étaient des œuvres d'art : cortado, latte macchiato, flat white, cold brew, supplément lait végétal. Aucun n'est à moins de cinq euros. L'art a un prix. Les cookies aussi, *a priori* : disposés élégamment dans des grands bocaux en verre sur le comptoir, ils sont annoncés à sept euros (cinq, s'ils sont achetés à emporter – générosité). La serveuse discute joyeusement avec son collègue derrière l'imposante machine à café chromée. Ce dernier est habillé tout en noir lui aussi, ce doit être un dress code. Ils ont l'air parfaitement dans leur élément. À l'instar des clients eux-mêmes vêtus dans des tons beiges, clairs, gris. Tout semble en harmonie. Elle doit jurer avec son écharpe verte et son manteau jaune bourré de peluches.

Enfin, elle s'en fout. Elle se concentre plutôt sur la carte du midi ; chaque plat proposé semble délicieux. Elles n'avaient pas prévu de déjeuner dans cet endroit, mais, indubitablement, rien ne se passe comme prévu dans cette journée bizarre…

« C'est fou. J'aurais aimé la connaître, finalement, reprend Léa en parlant de Jeanne. Je pensais ne rien vouloir savoir d'elle. Mais, en réalité, je me sens soulagée d'en apprendre davantage à son sujet. Même si c'est un coup de poing de plus dans le ventre. Vous avez le chic pour ménager vos effets d'annonce.

— Je suis vraiment désolée. Elle t'aurait plu, Jeanne. Peindre, ça la calmait. Lorsqu'elle était trop fatiguée des manifs et des banderoles, elle peignait ; elle pouvait peindre des jours entiers sans s'arrêter, paraît-il. C'est pour ça qu'elle est partie de Lille à un moment, au milieu des années 1980, ou un peu plus tard. Elle voulait de l'espace pour peindre, et un jardin à elle. Avec des fleurs à foison. Je me souviens du jour où ton père m'a dit : "Elle s'installe près de Meyrueis, elle y a trouvé un jardin." Elle y a été super heureuse, je crois, dans les Cévennes. Nous, beaucoup moins, parce que, pour ton père, aller jusque chez elle, c'était désormais très long. Quand il la rejoignait, c'était pour des jours, voire des semaines. Et tu étais encore petite. À l'époque, ça m'a pesé. Elle ne s'est pas posé la question de savoir si ce serait pratique ou pas : elle s'est barrée pour ses fleurs. Au début, je lui en ai beaucoup voulu. Aujourd'hui, tout est oublié.

— Tout est pardonné, tu veux dire ?

— Oui, voilà. Même si j'ai dû voir Jeanne cinq fois dans ma vie, elle en faisait partie, de cette vie. Pourtant, jamais elle n'est venue rompre le pacte. Jamais elle n'a exprimé de regrets de t'avoir confiée à nous. Jacques lui donnait des nouvelles de toi, mais moi je ne voulais rien savoir en retour. Et jamais je n'ai eu la sensation de pouvoir te perdre. Sauf quand la clerc de notaire t'a appelée à sa mort, il y a cinq ans. »

48

Léa choisit la tartine rustique qui se révèle n'être rien de moins qu'un simple croque-monsieur, et Anne la soupe du jour. Elles commandent, en plus, une grosse salade verte à partager (sauce huile de sésame grillé et zaatar).

Une fois servies, elles dégustent leur repas en silence. À travers la grande vitrine du café branché, le spectacle de la ville les occupe, leur offrant une pause bien méritée dans leur journée émotionnellement éprouvante. Elles s'amusent de voir les Parisiennes courir plutôt que de marcher, sourient quand un couple s'arrête pour s'embrasser comme dans les films, et rigolent franchement lorsqu'un enfant, avec de petits cris stridents, essaie d'attraper un pigeon affolé, les bras tendus et le pas saccadé.

Après que la serveuse leur a apporté leurs desserts, deux belles parts de carrot cake et deux gros latte fumants (supplément lait d'amande pour Léa), cette dernière s'est décidée.

Elle a envie de lui répondre. C'est la journée ou jamais. La journée où l'on se dit tout.

Elle prend une grande respiration et lui murmure à son tour :

« Maman, tu sais, je t'admire, mais je ne te comprends pas. »

Léa n'arrive pas à la regarder en face, tout comme sa mère dans le train, ce matin. Elle fixe sa tasse en céramique beige, pour y puiser le courage de lui expliquer tous ses sentiments.

« J'admire ton abnégation, ta force de caractère. Je t'admire d'avoir mené ta vie de femme et de mère en parallèle, à une époque où ça n'allait vraiment pas de soi. Je t'admire d'avoir beaucoup travaillé pour réaliser tes rêves, d'avoir fait le deuil de tes désirs de grossesse et d'enfant naturel, de m'avoir soutenue, d'avoir adouci les absences de papa, de les avoir enchantées même, avec ton imagination folle, ton dévouement, et ton envie de me rendre heureuse. »

Elle se redresse sur sa chaise en bois et la regarde enfin.

« Mais je ne comprends pas que tu n'aies rien dit, que tu aies accepté en silence. Que tu aies consenti à ce pacte abject, injuste. Ce pacte qui, d'ailleurs, n'en est pas un, puisque tu as tout assumé seule, sans rien en retour. Je sais que c'était il y a longtemps, mais quand même. Pour moi, les années soixante-dix, c'est la liberté, la pilule, les droits des femmes à disposer mieux de leur corps, le... le... le *flower power* ! Ce n'est pas la décennie où l'on accepte tout et n'importe quoi, sous prétexte qu'on est amoureuse. Il n'y a pas d'époque acceptable pour ça. D'accord, un couple, ce sont des compromis, mais toi, là, tu as avalé de sacrées couleuvres. On ne dit pas oui à une double vie bancale et à l'enfant d'une autre femme parce qu'on est amoureuse. T'étais la babysitter sympa sur laquelle papa comptait quand il voulait aller se taper sa maîtresse. Pour moi, tu es la perdante de ce trio. T'as tiré les mauvaises cartes et joué un jeu malsain. »

D'un coup, Léa se libère : elle se sent la force de tout lui dire, tout ce qu'elle garde en elle depuis des années, tout ce qui la ronge de l'intérieur.

Il y a cinq ans, elle n'a pas trouvé le courage de parler à son père après son monologue à l'hôpital. Aujourd'hui, elle n'en peut plus de se taire.

« J'ai fait mes choix, c'est difficile de juger quarante ans après, tu sais, lui répond Anne.

— Oui, bien sûr, tu étais jeune et tu as plongé dans cette histoire sans vraiment savoir. On ne peut pas revenir en arrière et refaire le film. Et ce n'est pas ce que je vous demande. Mais ce n'est pas parce que vous avez tout gardé pour vous que ça n'a eu aucune conséquence pour moi. Les mensonges laissent des traces. J'aurais aimé que vous me parliez plus tôt. Les choses qu'on dit sont souvent moins douloureuses que celles qu'on tait.

Tu vois, c'est comme des draps qui seraient restés trop longtemps au grenier, et dont les lavages répétés n'arriveraient pas à enlever l'odeur de renfermé. Vos mensonges, ça a fait le même effet. J'ai grandi avec vos silences. Ma peur de l'abandon, c'est vous. Mes angoisses que je pensais sans raison, c'est vous. Mes doutes permanents de ne pas être une assez bonne personne, c'est vous.

— Sympa de tout nous mettre sur le dos comme ça… On a fait ce qu'on a pu. J'ai fait ce que j'ai pu.

— Évidemment ! Rater, c'est normal : Billie et Harry sont le reflet des névroses de leurs parents, et je foire aussi, beaucoup, souvent. Ils porteront en eux des blessures qu'ils me reprocheront un jour, ils ont déjà commencé à le faire. Je ne dis pas que je réussis mieux que vous, je dis juste que je ne mens pas. Que je ne vis pas dans un théâtre, pour chaque matin me lever et jouer la comédie de la vie parfaite. Ma vie à moi est aussi jolie qu'elle pue parfois. Et tout est clair, il n'y a pas de coulisses pour planquer la merde. Un poil de maquillage de temps en temps, mais pas de mensonges. PAS DE SECRETS. »

Elle n'a pas crié, a simplement marqué une pause entre chaque mot. Et libéré ainsi cinq ans – peut-être même trente – de mal de bide, d'angoisses et de ressentiments. Elle porte sa tasse à ses lèvres pour se donner une contenance après avoir prononcé ces dernières phrases qu'elle sait un peu dures. Elle s'aperçoit qu'elle a fini son café depuis longtemps et repose lentement son mug.

« Je comprends, lui répond Anne, qui semble néanmoins sonnée. C'est difficile, tout ce que tu me dis. Mais je préfère que tu me le dises. C'est mieux que de se taire.

— Tout est mieux que le silence, oui. Maman, je vois ce que tu attends de moi. Tu voudrais être une mère parfaite, et que je te valide dans ce rôle. Mais personne n'est parfait, ça n'existe pas, les mères parfaites. Les enfants parfaits non plus, d'ailleurs.

— Oui, tu as raison.

— Ce n'est pas ton procès, maman, ajoute Léa, le regard doux posé sur sa mère. Je te dis juste les choses. Je n'ai jamais réussi à vous les dire avant et ça ne doit pas être facile à entendre, comme ça, d'un coup. »

Anne baisse la tête, sans un mot. De la pulpe de son doigt, elle recueille les quelques miettes de son gâteau dispersées dans son assiette. Elle n'a pas vraiment faim, elle occupe son esprit.

« Je t'aime fort, maman », ajoute Léa dans un murmure, en pressant sa main contre le bras de sa mère.

Elle est consciente de mettre sa mère en difficulté, à l'écouter là, dans ce café. Pour autant, cette fenêtre sur ses émotions ne restera pas ouverte très longtemps ; c'est le moment de tout dire.

« Mais je ne t'aime pas comme tu voudrais, continue-t-elle. Et puis je ne vais pas très bien ces derniers temps. Il y a le cancer, bien sûr, sauf que c'était déjà le cas avant. Maman, je me traîne. Je n'arrive à rien. Il faut que je digère vos décisions, vos secrets, tous ces sentiments pas ouf qui m'alourdissent. J'ai bien pris acte de vos choix, laissez-moi juste un peu de temps. C'est comme un mal de bide constant à porter. Vient s'ajouter cette histoire de cancer… Alors jouer en plus la fille parfaite, qui avale mille couleuvres, toujours sage et respectueuse, toujours souriante et tolérante : ça, ça ne va plus être possible.

— Oui, bien sûr, c'est normal.

— Prends-moi comme je suis, maman : ta fille paumée, à côté de la plaque, avec une grosseur au sein droit et qui n'est plus disponible pour les faux-semblants. »

Anne accuse le coup et acquiesce d'un hochement de tête.

« Maman, je suis désolée, je ne veux pas te faire de peine. Il faut juste qu'on réorganise les règles du jeu familiales. »

Elle acquiesce de nouveau, le menton baissé.

Un moment s'écoule. Elles sont presque seules désormais dans le coffee-shop. L'heure du déjeuner est passée depuis longtemps. Les rares clients encore présents sont restés pour travailler, un ordinateur devant eux, concentrés. Le fond sonore – une playlist folk – berce leur conversation et leurs silences. Anne se rassemble, relève la tête et lui sourit :

« Ça me paraît bien. Je vais faire de mon mieux.

— On fera tous comme on peut. Il a fallu cinq longues années de non-dits pour qu'on se décide à vraiment se parler. Il a fallu cette menace de cancer, mais mieux vaut tard que jamais.

— Je sais, je regrette, c'est du temps gâché.

— Peut-être pas tant que ça. J'avais sans doute besoin de toucher le fond pour remonter. Je me souviens, il y a quelques années, je voulais te sauver de ta vie, mais je crois qu'en fait c'est moi que je dois sauver aujourd'hui. »

Toutes deux décident de quitter les lieux et récupèrent manteaux, sacs et écharpes. Léa cherche son portefeuille au fond de sa grande besace dorée. Mais Anne, plus rapide que sa fille, est déjà dressée devant le bar, face à la serveuse en noir.

« Je vais tout prendre, s'il vous plaît, par carte. »

49

Les jours suivants, Léa ne travaille pas beaucoup. Les retards s'accumulent, mais elle n'arrive pas à se concentrer sur ses projets.

Il y a encore quelque temps, elle réfléchissait à partir loin en voyage pour rendre l'attente plus supportable ; finalement, elle s'échappe dans les méandres des souvenirs de ses parents, en restant pourtant assise devant son ordinateur : elle fouille Internet à la recherche de toutes les informations disponibles sur sa mère biologique.

Jeanne Remay n'était pas n'importe quelle artiste. Elle découvre son travail sublime, ses inspirations, ses prises de parole, ses engagements. Pourquoi n'en avait-elle jamais entendu parler ?

Léa apprend que l'école des Beaux-Arts de Lille a fermé en 1977 – Jeanne avait dû intégrer l'une des dernières promotions. Elle a beau fouiller encore, elle ne trouve pas grand-chose de plus.

Alors elle propose à Audrey d'aller consulter ensemble, l'après-midi même, les archives municipales, dans l'espoir de mettre au jour de nouveaux éléments sur le parcours de Jeanne.

Toute cette histoire lui prend du temps mais, au moins, comme le lui fait remarquer son amie, elle lui permet de ne pas penser aux résultats de la biopsie. Et c'est vrai que, même s'il parasite ses nuits, le cancer semble la laisser plus tranquille qu'elle ne l'aurait cru. Ou c'est qu'il lui donne l'énergie du désespoir.

À la mairie, elles comprennent rapidement que leur enquête devra attendre un autre jour – pour consulter les archives, Léa doit d'abord faire une demande par écrit. Tant pis… Ne voulant pas, pour autant, se quitter, elles se décident à prolonger l'après-midi dans un café près du musée des Beaux-Arts, devant un thé vert à la menthe. Léa montre à Audrey sur son téléphone une reproduction du tableau de Jeanne, celui découvert deux jours plus tôt à Beaubourg.

« C'est fou comme je te reconnais dans cette toile.

— Tu trouves ?

— Oui, les fleurs, les couleurs, c'est toi ! Peut-être que je serais passée devant sans faire le rapprochement, mais maintenant que je sais que c'est le tableau de Jeanne, je cherche les similitudes. Et c'est fou, ce trait commun que vous avez avec les fleurs, sans que tu la connaisses. On ne peut pas dire que c'est un hommage. C'est comme… un lien invisible. Il y avait des peintures d'elle chez tes parents ? Peut-être que tu les as vues sans le savoir et que ça t'a inspirée ?

— Je ne crois pas, non. Peut-être que je ne m'en souviens pas. Je le leur demanderai.

— C'est quand même dingue, cette histoire. Et je trouve que tu la digères bien mieux qu'il y a cinq ans.

— C'est parce que j'ai l'impression de terminer le puzzle, je crois. J'y pensais justement, l'autre soir. Quand mon père a eu son accident et qu'il a commencé à me dévoiler une toute petite partie de leurs secrets, c'était comme si j'avais dû affronter une montagne de pièces, alors que je ne connaissais ni la forme ni le motif du puzzle intégral. Et là, aujourd'hui, j'ai l'impression de placer les dernières pièces, de discerner enfin le tableau final. Ça m'apaise beaucoup plus que ça ne me met en colère. Je suis sûre que je vais aller mieux désormais. Enfin, dans ma tête. Parce que, dans mon sein, pas vraiment.

— Au moins, tu vas pouvoir te concentrer sur cette bataille. Tu seras moins polluée par toutes ces histoires.

— Tu as raison. Il faut voir le verre à moitié plein.

— Oui, ou le cancer à moitié gagné, ma biche. On ne te laissera pas te battre seule, on est tous là pour toi. »

50

Ce jeudi matin, Adrien est à la maison, il n'a pas cours avant 15 heures. Il corrige des copies, assis à la table de la cuisine. Léa est allongée sur le canapé du salon, non loin de lui. Elle s'adonne à son activité favorite : admirer son jardin.

Demain, elle saura. Demain, ils auront les résultats, et ils pourront s'attaquer au vrai sujet : ce putain de cancer.

Demain sera le premier jour de cette nouvelle bataille, probablement longue et difficile. Léa décide qu'il faut fêter ça. Ce point de bascule. Après tout, les moments heureux n'ont pas le monopole de la fête.

« Et si organisait un apéro-cancer ?

— C'est-à-dire ? lui répond Adrien, en levant la tête, surpris.

— Eh bien, pour se donner de la force. Du reste, on devra l'annoncer aux enfants, autant que ce soit dans la joie, avec un peu d'alcool, tu vois. Pas bourrée, t'inquiète. Tu pourrais faire des cocktails et on inviterait juste les potes les plus proches : Lucie et Isa, Audrey, Allie…

— C'est une super idée, pourquoi pas ! Et tes parents ?

— Oui, mes parents aussi, on peut leur dire de venir. Mais il ne faudrait pas qu'ils s'effondrent non plus. On préviendra tout le monde que ça sera un truc joyeux avant tout.

— Tu auras le droit de pleurer, tu sais.

— J'ai déjà beaucoup pleuré. Peut-être que je n'ai plus de larmes.

— Va pour l'apéro-cancer, conclut rapidement Adrien, qui échappe ainsi à une conversation trop forte en émotions. J'irai faire des courses demain après-midi. »

Léa crée un groupe « Apéro-cancer » sur-le-champ :

« Hello à tous ! Demain, je vais recevoir les résultats de la biopsie, et on sait déjà que, *a priori*, ce ne sera pas très positif. Alors pour éviter de pleurer encore et encore, je propose un apéro-cancer demain soir à la maison. On fêtera la joie, l'amitié, le fait d'être ensemble ! J'espère que vous serez disponibles. Et merci d'être là, toutes et tous, pour moi ! »

Léa se sent mieux, déjà. Ce sera la meilleure façon d'accueillir cette mauvaise nouvelle : de l'alcool et des amis.

Elle s'enfonce un peu plus dans le canapé, satisfaite, et s'étire sous le plaid. Le chat saute brusquement sur elle pour venir se blottir sur son ventre ; elle le caresse. Tout semble calme et apaisé.

Le temps s'écoule doucement ; elle ne veut pas aller au bureau, elle préfère rester là, dans sa maison, avec Adrien, le chat et les messages de ses amis.

Finalement, depuis lundi, elle a presque pris une semaine entière de congé, au pire moment. Demain, elle ne travaillera sans doute pas. Pour l'instant, elle n'a ni le courage ni la volonté de plier des petits morceaux de papier.

En fin de matinée, un appel l'extrait de son cocon protecteur. Le numéro du cabinet du docteur Durand s'affiche sur l'écran de son téléphone. L'angoisse lui tord le ventre.

51

« Madame Marlant ? Bonjour, c'est le docteur Durand.

— Bonjour, docteur.

— Je vous appelle parce que j'ai eu vos résultats.

— Déjà ? Mais ça ne devait être que demain !

— J'ai tout reçu en avance. Et je ne vais pas vous faire mariner plus longtemps : vous n'avez rien.

— Rien ? Comment ça, rien ?

— Il n'y a pas de cancer !

— Comment ça : "pas de cancer" ? »

Dans la cuisine, Adrien se redresse, les yeux écarquillés.

« Non, pas de cancer. Il n'y a rien de rien, j'ai les résultats sous les yeux. C'est pour ça que je vous ai appelée tout de suite.

— Comment c'est possible ? Ça devait être un cancer, on m'a dit que c'était un cancer !

— Eh bien, ça n'en est pas un ! Cela peut arriver, il y avait un petit pourcentage de chance que ça n'en soit pas un.

— C'est fou ! Mais... Mais... c'est génial !

— Ah oui, c'est une très bonne nouvelle !

— Merci, merci beaucoup !

— Ce sont mes appels préférés, je ne vous le cache pas.

— Je me doute ! Alors il n'y a plus rien à faire ? Qu'est-ce qui va se passer maintenant ?

— On maintient l'IRM. Je vais aussi contacter le docteur Oréal pour décider d'un traitement à suivre. Comme c'est probablement infectieux, selon les résultats de la biopsie, une sorte d'abcès, vous allez avoir le droit à un traitement antibiotique. Et on va surveiller. Je vous tiens au courant. Mais vous pouvez souffler : vous n'avez pas de cancer.

— D'accord. Merci, merci, merci.

— Avec plaisir. Profitez bien. Bonne journée ! »

En raccrochant, Léa tombe dans les bras d'Adrien, qui, durant la conversation, s'est approché d'elle.

Quelle belle journée, bordel !

52

Pas de cancer.

Rien de rien.

Pourtant, elle n'a jamais de chance aux tirages au sort.

Toujours perdante au loto, aux tombolas, aux machins à gratter.

Et là, bam : direct le gros lot.

Elle est tellement soulagée d'avoir gagné à ce jeu-là, qui était le moins drôle de tous.

Léa appelle Lucie pour lui annoncer la bonne nouvelle :

« C'est génial, je suis trop trop heureuse pour toi !

— Oui, c'est fou ! Enfin, quand même, quatre-vingt-quinze pour cent de risque que ce soit un cancer, et je suis dans les cinq pour cent, comment c'est possible ?

— C'est comme ça. Un ACR5, en général, c'est très préoccupant. Mais tu vois, là, tu as déjoué tous les pronostics. En même temps, c'était ta première mammographie, on n'avait aucun repère. En revanche, il est fort possible que tu doives désormais faire une mammo chaque année pour contrôler. Quoi qu'il en soit : pro-fi-te, c'est ta chance !

— Oh que oui ! Je vais kiffer !

— On maintient l'apéro de demain ?

— Et comment, qu'on maintient ! Ce sera, de fait, un véritable apéro de la joie !

— Parfait ! Alors à demain ! »

Plus tard, le soir, dans l'obscurité de la chambre, tandis qu'Adrien s'est endormi, Léa garde les yeux grands ouverts. Cette fois, pour d'excellentes raisons. Elle fixe le plafond avec un sourire béat.

Elle se souvient d'avoir lu quelque part que ceux qui ont frôlé la mort, ou qui ont cru la frôler, ressentent très fort cette impression de « seconde chance ».

Elle comprend ce sentiment, à sa toute petite échelle – bien qu'en réalité il n'y ait jamais eu de vrai danger la concernant. Comme si elle avait la possibilité d'appuyer sur le bouton « *reset* » de sa vie. Elle n'est pas malade, elle ne l'a jamais été. Elle est libérée de tout.

Elle a l'impression d'évoluer dans une comédie romantique, quand à la fin tout s'est aligné, presque par magie, pour l'héroïne, qui peut désormais vivre sa meilleure vie.

Travelling arrière sur un visage extatique : ils vécurent heureux et eurent plus du tout d'autres enfants, mais des apéros et des projets chouettes.

« *The End.* »

En vrai, elle se connaît bien, cet état de grâce ne durera pas.

Elle ne va pas éternellement vivre comme si elle était une miraculée. Il lui arrivera d'autres trucs pas ouf, un jour, c'est sûr. Rien n'est parfait. Et puis la perfection, c'est chiant.

Mais là, elle peut kiffer, elle doit kiffer même.

Cette menace l'a mise au pied du mur. Elle se sent plus forte et plus libre. C'est peut-être ça, devenir adulte.

Elle est plus riche, aussi. De l'histoire de ses parents, qu'elle connaît mieux – parfois même qu'elle comprend. De l'histoire de sa mère biologique, et de leurs surprenantes similitudes.

D'un bond, elle se dresse dans son lit : il faut qu'elle vérifie quelque chose.

53

Léa a toujours détesté ce grenier.

Il est sombre, poussiéreux. À coup sûr, il s'y cache une colonie entière d'araignées. D'ailleurs, elle l'évite soigneusement. Quand il faut y monter récupérer le sapin, les grosses valises ou les tenues de ski, elle passe son tour. Plutôt vider le lave-vaisselle dix fois.

Mais bon, à 3 heures du matin, elle ne va pas réveiller Adrien. Pour le peu qu'ils ont dormi, en plus, ces dernières nuits. Elle va y grimper elle-même, comme une grande. Elle ne veut pas attendre le lendemain, elle veut y aller maintenant.

Une fois tout en haut, elle allume le plafonnier. Elle retrouve rapidement ce qu'elle était venue chercher : le carton avec les affaires de Jeanne que la clerc de notaire lui avait envoyé. Jusqu'à ce soir, elle l'avait complètement oublié.

À l'intérieur, elle découvre un porte-monnaie en tissu et en perles colorées qui enferme de petites pierres ordinaires que l'on ramasse au bord des chemins ; des bouts de verre érodé, patiemment arrondis par l'eau et le temps ; et quelques minuscules fleurs séchées, qui se décomposent au toucher. Il y a aussi des cartes postales ; des reproductions de tableaux de Jeanne avec parfois, sur l'envers, une inscription mentionnant une date ou un événement : une exposition dans un village près de Meyrueis, un vide-atelier, un cours de dessin pour enfants.

Léa tombe également sur une dizaine de carnets à dessin, cornés, annotés. Certains contiennent des croquis de fleurs de toutes sortes, d'après nature, visiblement. D'autres, des recherches de couleurs, des harmonies magnifiques, à peine affadies par le temps. C'est un vrai trésor.

Au dos d'une carte, elle lit une phrase et y reconnaît l'écriture de son père : « Un jour, tu oublieras tout, mais moi, jamais je ne t'oublierai. »

Puis elle met au jour, collés les uns sur les autres, des Post-it de diverses couleurs fluo sur lesquels sont écrits des petits mots, toujours de la main de son père : « je t'aime », « tu me manques », « n'oublie pas que je t'aime », « 10 heures : pense à éteindre la machine à café », « n'oublie pas tes clefs (dans le tiroir vert de l'entrée) », « je t'ai laissé du comté au frigo », « médecin, jeudi, 14 h 15 », « portefeuille : sac marron, portemanteau », « les tulipes sont tes fleurs préférées, car elles continuent à pousser même une fois coupées », « tu es une artiste-peintre, c'est ton métier et tu le fais très bien ».

Ces messages la bouleversent.

Enfin, coincée dans un carnet, elle découvre une enveloppe un peu abîmée. Dessus, elle est surprise d'y lire son prénom, calligraphié à l'encre violette.

54

12 décembre 1978.

Léa,

Je suis Jeanne, ta mère biologique.

Si tu lis cette lettre, c'est sans doute que Jacques a dû te raconter : les secrets et le pacte qu'il nous a proposé l'année dernière.
J'ai toujours refusé une vie rangée, normale, banale, ce à quoi la plupart des couples aspirent : le pavillon, le boulot tranquille, la voiture, les enfants.
Moi, ce que je souhaite de tout mon cœur, et pour ma vie entière, c'est avoir la liberté de dessiner, peindre, pousser encore plus loin mes rêves, mes envies de couleurs et de lumière. Je n'ai jamais voulu m'encombrer d'un mari et de tout ce qui allait avec. Mais j'ai rencontré ton père et j'en suis tombée follement amoureuse.

Il est si singulier et me fait tant rire. Il me regarde peindre pendant des heures, jamais il ne me juge, toujours il m'encourage.
J'ai eu peur de le perdre. Oui, je désire une vie de liberté, mais pas sans lui.
Alors j'ai accepté ce pacte, moi aussi.
On s'est promis de faire attention les uns aux autres.
Ce ne sera pas parfait, c'est même très bancal et pas banal, d'autant plus avec ton arrivée.

Quand j'ai découvert que j'étais enceinte, il était trop tard pour avorter. Désolée de l'écrire ainsi ; je veux simplement te raconter la vérité. C'est pour cette raison que j'ai proposé à Anne et à Jacques de te garder, pour éviter que tu sois adoptée par des inconnus.
Anne rêvait de fonder une famille, et voilà que c'est moi – qui n'en ai jamais voulu – qui tombais en cloque la première. Quelle ironie.

J'écris ces lignes alors que tu as quelques semaines.
J'ignore quand tu liras cette lettre, ni même si tu la liras un jour. Mais c'est important pour moi de te l'écrire, comme une sorte de passage de relais entre moi et ta mère, la vraie – celle qui va s'occuper de toi et t'aider à grandir.
Je n'ai jamais été ta mère, et je ne le serai jamais.

Ta mère, c'est Anne. Elle a été là depuis le début.
Quand je lui ai proposé de t'élever, au détour d'un rendez-vous bizarre dans un café,

elle n'a pas longtemps hésité. Surtout, elle t'a aimée dès la première seconde. Je l'ai vu dans ses yeux, à la maternité : elle t'a bercée dans ses bras, et j'ai su à cet instant que j'avais pris la bonne décision. Pour moi, mais aussi pour toi.

Anne sera une bien meilleure mère que je ne l'aurais jamais été.

Je connais très peu Anne. Je ne l'ai rencontrée que deux ou trois fois. Mais, dans d'autres circonstances, je suis intimement persuadée qu'on aurait pu être amies.

Un jour, peut-être, tes parents te raconteront notre histoire. Peut-être, alors, te donneront-ils cette lettre.
Je te demande pardon pour les mensonges, les pactes et les secrets. On a fait de notre mieux, promis.
En tout cas, n'en veux pas à Anne, car elle a tout subi.
C'est elle, la vraie héroïne de cette histoire.
N'en veux pas non plus à Jacques.
Je les ai mis devant le fait accompli.
Prends bien soin d'eux. Et de toi.

Je te souhaite la meilleure vie possible,
Jeanne

55

Quelques mois plus tard.

Anne accourt pour tenir la porte à Adrien et aux jumeaux, encombrés de bouteilles pour l'un, et d'un casier de verres à pied pour les autres.

Ses enfants sont si grands. Bientôt, ils la dépasseront, surtout Harry.

Léa ébouriffe les cheveux de son fils et embrasse sa fille, qui se rebiffe un peu – un câlin, beurk. Elle s'efforce néanmoins d'être agréable ; elle sait que cette journée est importante pour sa mère. Alors elle pose sa tête contre la sienne et lui dit :

« C'est beau, maman, t'es trop forte ! »

Léa se retourne et contemple la pièce. C'est vrai que c'est chouette. Une longue table trône au milieu, recouverte d'une nappe en coton bleu nuit brodée de petites étoiles dorées, sur laquelle Adrien dispose des verres et quelques assiettes. Jacques vérifie l'accrochage des toiles sur les cimaises. Anne place les bouteilles au frais dans un frigo astucieusement caché derrière un bar au fond de la salle. Les murs sont tapissés de grands tableaux colorés. Les siens.

Ce soir, c'est le vernissage de sa toute première exposition.

Elle s'est décidée à ne plus seulement créer pour les autres, mais aussi pour elle-même.

Audrey arrive en famille ; ses enfants l'aident à porter l'ampli de l'école, emprunté pour l'occasion. Alex, son amoureux, les suit avec de lourds câbles enroulés autour de ses avant-bras. Léa lit la fierté dans le regard de son amie chérie, qui l'étreint fort. Audrey se recule et lui demande :

« Tu es contente ?

— Oui, je ne pouvais pas rêver mieux. »

Lucie et Isabelle débarquent à leur tour, munies de larges plaques en céramique sur lesquelles patientent des tartes au fromage toutes chaudes, recouvertes de torchons rayés.

Tout le monde s'embrasse, s'enlace, et y va de son commentaire : « comment ça va ? », « ça fait plaisir de te voir ! », « je pose ça où ? », « comme c'est beau tout ça ! ».

Léa les observe. On dirait une joyeuse réunion de famille ; chacun semble heureux d'être là. Ça gonfle son cœur de joie.

Sur la porte vitrée du petit local attenant à son bureau de coworking, qu'elle a loué pour deux mois, elle a collé une affiche pour annoncer l'exposition de ses créations et le vernissage de ce soir, dans une heure maintenant : « Les choses qu'on dit (avec des fleurs) ».

Elle a repris les carnets de Jeanne, ses dessins.

Elle est même allée à Meyrueis dans sa maison, que Jeanne a léguée à Jacques. Il ne s'y rend presque plus et a laissé l'entretien sur place à une personne de confiance. Mais il y a conservé la plupart de ses œuvres, beaucoup de souvenirs. Là-bas, elle a vu son jardin ; elle a compris les fleurs, les couleurs. Alors elle a pioché dans ses palettes et ses croquis, et elle en a fait des tableaux de papier : les fleurs de Jeanne, elle les a recréées en volume et les a collées sur des panneaux de bois. Elle a même peint certaines feuilles pour retrouver les couleurs exactes de ses toiles. Elle a complété l'ensemble avec des bandes de papier doré, pour la lumière. Elle tenait beaucoup à la lumière.

Et, au milieu de ces fleurs, comme Jeanne l'avait fait dans ses tableaux, Léa a ajouté quelque chose en plus, en deuxième lecture : des mots à demi cachés. Mais pas n'importe lesquels. Elle a photocopié la lettre de Jeanne, les cartes postales, les Post-it de son père et aussi son véritable acte de naissance – celui qui prouve que Jeanne est sa mère biologique et qu'Anne l'a officiellement adoptée de façon plénière quelques mois plus tard, en 1979, par décision du tribunal de Lille. Ce sont ses parents qui le lui ont rendu, pour lui assurer que, désormais, il n'y aurait plus de secrets. Depuis, Léa et Jacques ont recommencé à s'apprivoiser doucement.

Avec ces tableaux, elle voulait colorer et célébrer ces moments de vie, tous ces « quelque chose » découverts sur son enfance, sur l'histoire de ses parents et de Jeanne. Son identité, en somme.

Léa sent une main se poser sur son épaule, elle sursaute, quittant brusquement ses pensées. Elle se retourne sur son père, qui la regarde avec douceur. Tout dans son attitude trahit son émotion, comme s'il avait longtemps attendu cet instant. Il lui tend un petit objet plat, emballé dans du papier kraft :

« C'est pour toi, ma grande. »

Sans un mot, elle récupère le paquet et s'applique à retirer délicatement le Scotch et l'emballage marron, tout en jetant des regards interrogateurs à son père, stoïque. Elle découvre un cadre quelconque en bois clair, format carte postale. Mais le plus important se situe à l'intérieur : une photo un peu floue, horodatée, typique des clichés des années 1990, imprimée en numérique, légèrement cornée sur un côté. Léa y reconnaît Jeanne, prise en contre-jour dans son jardin. Le soleil dans son dos découpe sa longue silhouette nonchalante. Elle tient une grande brassée de fleurs dans un bras, l'autre relevé sur son front, elle sourit à l'objectif, le regard doux. Elle semble parfaitement heureuse.

Une émotion particulière envahit soudain Léa. Jusqu'alors, elle avait vu peu de photos de sa mère. Seulement quelques-unes dans sa maison des Cévennes, pas beaucoup plus sur Internet : des portraits officiels pour accompagner des catalogues d'expositions, ou pour illustrer un article de presse.

Elle est d'autant plus émue de découvrir ce tirage.

« C'est ma photo préférée de Jeanne, lui avoue son père, sortant enfin de son silence. Et je trouve que tu lui ressembles, dessus. Je l'ai toujours avec moi dans mon portefeuille depuis plus de trente-cinq ans. Mais je pense qu'aujourd'hui c'est bien qu'elle te revienne. »

Léa lève lentement les yeux vers son père, l'émotion entre eux est palpable. Elle ne sait quoi lui répondre, alors elle lui sourit à travers ses larmes.

Il la prend dans ses bras, et c'est comme un signal pour tous ceux présents dans la pièce : les cris de joie et les embrassades reprennent de plus belle.

Léa accroche le petit cadre sur le mur de gauche, à l'aide d'un crochet.

Le vernissage peut commencer, on est au complet.

Remerciements

Je ne suis pas aussi forte que Léa pour dire les choses. Je préfère souvent les silences, dans lesquels je m'enferme régulièrement. Pourtant, là, je veux dire et écrire quelques mots pour remercier toutes les personnes qui m'ont aidée – parce que c'est la tradition, parce que lire les remerciements dans les romans des autres est mon petit plaisir coupable et parce que, surtout, cela me tient très à cœur.

Tout d'abord, merci à mes amies-autrices, pour ne pas m'avoir prise pour une folle quand je leur ai confié vouloir me frotter à l'écriture, seule.

Merci à Sophie Adriansen que j'ai la grande chance de compter parmi mes amies ; merci de m'avoir accompagnée avec cette exigence bienveillante qui te caractérise et que j'apprécie énormément.

Merci à Sophie Rouvier d'être l'amie folle que j'aime absolument ; merci pour les balades, pour tes conseils avisés, pour ton écoute et ton soutien, toujours. Merci à Serena Giuliano d'avoir lu mon texte, alors qu'il était encore très imparfait, de m'avoir transmis tes recommandations plus que pertinentes. Merci à Marie Vareille pour m'avoir longuement rassurée, pour ta lecture attentive et tes avis toujours très justes. Merci à Caroline Michel pour tes remarques précises sur la dernière version du roman. Merci aussi à Pauline Bilisari d'avoir parcouru au milieu de la nuit les différentes versions du manuscrit !

Merci à toutes les personnes qui ont accepté de lire le texte en cours d'écriture ; ce fut très précieux.

Merci à toute la chouette maison Robert Laffont d'avoir accueilli à bras ouverts ce projet différent. À Sophie, d'abord, partenaire de mes projets les plus fous ; on aura tout fait ensemble, et je te remercie mille fois pour ça, pour ta confiance et ta bienveillance. Merci à Delphine de m'avoir accompagnée dans ce travail exigeant de la réécriture et des corrections ; vraiment, merci infiniment pour tes retours. Merci à Charlotte d'avoir été là en arrière-plan, mais là quand même. Merci à Catherine pour son enthousiasme et à toute l'équipe – au marketing, à la communication, à la presse, aux cessions, à l'administratif et au studio : j'ai de la chance d'être si bien entourée.

Merci aux libraires pour leur soutien et leurs encouragements.

Merci à mes amis chéris-chéris, que j'aime de tout mon cœur et qui ont été présents tout au long de ce processus d'écriture, pendant les hauts et surtout les bas. Merci à Emma et à Alex, mes petits chats adorés-pour-la-vie ;

merci à Marina d'être cette amie joyeuse et précieuse ; et merci à Clarisse pour sa présence rassurante et ses encouragements toujours empouvoirants. Merci à Françoise pour son écoute et son temps. Merci à Christophe pour la séance photo et avoir fait de moi une personne bien moins fatiguée et à côté de la plaque que dans la vraie vie.

Merci à Cindy et à Jérémy de m'avoir ouvert leur incroyable maison, Casa Mila, pour que je puisse y écrire au calme, avec une vue magnifique sur la Loire, entourée de gentillesse et d'amitié.

Merci à mes parents et à mes sœurs pour leurs retours enthousiastes.

Merci à Salomé d'avoir pris le temps de me souffler toutes les bonnes adresses lilloises.

Merci à Loulou de dire « c'est génial » à tout ce que j'entreprends.

Merci à Yohann de m'aimer et de me porter, d'avoir faire mille efforts pour me comprendre, m'écouter et me soutenir.

Sans toutes ces personnes, ce roman n'aurait pas été le même.

Et parce qu'il n'y a jamais assez de mercis, je tenais à vous remercier vous, lectrice, lecteur. Si vous avez plus l'habitude de découvrir mes illustrations plutôt que mes mots, merci de m'avoir accordé, une fois encore, votre confiance pour ce nouvel exercice.

Merci pour le soutien. Et merci d'acheter des livres, de continuer à en lire.

De la même autrice

Livre jeunesse

Chez Robert Laffont

Dans le magasin des papas, j'aurais choisi toi, 2025.

Nina et Bruno (en trois tomes), avec Serena Giuliano : *Ciao Roma !*, 2024 ; *Ciao Napoli !*, 2024 ; *Ciao Venezia !*, 2025.

Dans le magasin des mamans j'aurais choisi toi, 2023.

Dans le cœur gros d'Anouk, 2022.

Bande dessinée

Figurante, avec Sophie Adriansen, Robert Laffont, 2024.

La Saison des Monarques, avec Sophie Adriansen et Sophie Rouvier, First, 2023.

Corps à cœur, carnet intime sur le corps, Leduc, 2023.

Voir l'apéro au bout du tunnel, Delcourt, 2022.

Filgoude, Robert Laffont, 2022.

La Remplaçante, avec Sophie Adriansen, First, 2021.

À volonté, avec Mademoiselle Caroline, Delcourt, 2020.

Peurs bleues, Delcourt, 2020.

Voir la coupette à moitié pleine, Delcourt, 2019.

Cher corps, collectif, Delcourt, 2019.

Et puis Colette, Delcourt, 2018.

Tout plaquer et aller prendre un bain, Monsieur PopCorn, 2016.

Les Wonderwomen aussi mettent une culotte gainante, Monsieur PopCorn, 2016.

Papeterie

Joyeux Journal, First, depuis 2018.

Joyeux Calendrier, First, depuis 2018.

Joyeuses Listes, First, depuis 2023.

Joyeuses Pensées, Millesima, depuis 2024.

« Elle tient une grande brassée de fleurs dans un bras,
elle sourit à l'objectif, le regard doux.
Elle semble parfaitement heureuse. »
C'est sur cette image fleurie que s'est achevée
la préparation de ce premier roman,
dont les éditions Robert Laffont ont confié
la composition et la mise en pages à Facompo,
et l'impression à l'Imprimerie Floch,
et que le printemps a enfin éclos.

#lisez! engagé
www.lisez.com
Pour plus d'information :
Imprimé sur du papier issu de forêts gérées durablement.

N°éditeur : 68336/01 – N° d'impression : 106821
Imprimé en France